O BEIJO

Pelo canto do meu olho, eu vi Dean andar em minha direção enquanto eu estava lá, lendo a lateral de uma caixa de amido de milho.

Ele deu a volta no final do corredor.

— Você quer um "refri" ou algo assim?

— Um refri? — eu disse.

— Ah, dá um tempo — Dean disse. — Em Chicago, chamamos de refri.

— Em Connecticut chamamos de refrigerante — eu disse. — E eu quero. Obrigada.

Eu o segui até o refrigerador com uma tampa corrediça. Ele tirou duas latinhas e as segurou atrás das costas.

— Certo. Adivinhe o que eu tenho em cada mão e você ganha o refrigerante.

Antes que eu pudesse dizer qualquer coisa, ele se inclinou e me beijou. Na boca. Segurei a minha respiração o tempo todo. Era a minha primeira vez, eu nunca tinha sido beijada daquele jeito. Fiquei atordoada.

— Obrigada — deixei escapar.

Obrigada? Aquilo tinha acabado de sair da minha boca? Fiquei completamente apavorada e saí correndo para fora do mercado.

Continuei correndo até alcançar a casa da Lane. Abri a porta e entrei.

— Lane! Lane! — chamei.

— O que foi? — ela perguntou.

— Eu... eu fui beijada — contei a ela. Então percebi que a caixa de amido de milho ainda estava na minha mão. Eu a furtei!

Gilmore girls

Tal Mãe, Tal Filha

ADAPTADO POR CATHERINE CLARK
DA SÉRIE DE TV CRIADA POR
AMY SHERMAN-PALLADINO
DO ROTEIRO DO EPISÓDIO-PILOTO PARA TV
ESCRITO POR AMY SHERMAN-PALLADINO,
ROTEIRO DO EPISÓDIO "O PRIMEIRO DIA DE LORELAI EM
CHILTON"
ESCRITO POR AMY SHERMAN-PALLADINO,
ROTEIRO DO EPISÓDIO "BEIJE E FALE"
ESCRITO POR JENJI KOHAN,
ROTEIRO DO EPISÓDIO "A DANÇA DA RORY"
ESCRITO POR AMY SHERMAN-PALLADINO,
E ROTEIRO DO EPISÓDIO "PERDÃO E OUTRAS COISAS"
ESCRITO POR JOHN STEPHENS

Gilmore girls

CONHEÇA NOSSO LIVROS
ACESSANDO AQUI!

 Copyright © 2024 Warner Bros. Entertainment Inc. GILMORE GIRLS and all related characters and elements © & ™ Warner Bros. Entertainment Inc. WB SHIELD: ™ & © WBEI (s24) S1094089

Copyright desta tradução © IBC - Instituto Brasileiro De Cultura, 2023

Título original: Gilmore Girls - Like Mother, Like Daughter
Reservados todos os direitos desta tradução e produção, pela lei 9.610 de 19.2.1998.

1ª Impressão 2024

Presidente: Paulo Roberto Houch
MTB 0083982/SP

Coordenação Editorial e Tradução: Priscilla Sipans
Coordenação de Arte: Rubens Martim
Preparação de Texto e Apoio de Revisão: Leonan Mariano

Vendas: Tel.: (11) 3393-7727 (comercial2@editoraonline.com.br)

Foi feito o depósito legal.
Impresso na China

Dados Internacionais de Catalogação na Publicação (CIP)
de acordo com ISBD

C181g   Camelot Editora

Gilmore Girls / Camelot Editora. - Barueri : Camelot Editora, 2023.
144 p. ; 15,1cm x 23cm.

ISBN: 978-65-6095-032-0

1. Literatura americana. I. Título.

2023-3658   CDD 810
                 CDU 821.111(73)

Elaborado por Odilio Hilario Moreira Junior - CRB-8/9949

IBC — Instituto Brasileiro de Cultura LTDA
CNPJ 04.207.648/0001-94
Avenida Juruá, 762 — Alphaville Industrial
CEP. 06455-010 — Barueri/SP
www.editoraonline.com.br

SUMÁRIO

Prólogo 9

Capítulo 1 13

Capítulo 2 20

Capítulo 3 27

Capítulo 4 33

Capítulo 5 44

Capítulo 6 51

Capítulo 7 61

Capítulo 8 69

Capítulo 9 75

Capítulo 10 81

Capítulo 11 90

Capítulo 12 97

Capítulo 13 101

Capítulo 14 107

Capítulo 15 114

Capítulo 16 119

Capítulo 17 125

Capítulo 18 132

Prólogo

"Nós desdenhamos das coisas que queremos ser", Mel Brooks disse em sua comédia *O Homem de 2000 Anos*. Sabe? Aquela com o Carl Reiner. Seja como for, é hilário. Compre-o, ouça-o, viva-o. É o que a minha mãe diz. Minha mãe. Ela é o que eu quero ser, o que, a propósito, se você conhecesse minha mãe, veria que não é tão ruim. Na verdade, ela é muito legal.

Minha mãe. Algumas pessoas acham que ela é maluca. Já eu digo que ela tem energia.

Meu nome é Lorelai Gilmore. No entanto, como a minha mãe também se chama Lorelai Gilmore, e chegou primeiro, ela tem direitos sobre o nome completo, então, as pessoas me chamam de Rory.

E o nome não é a única coisa que dividimos. Gostamos da mesma música, obrigada, Deus, odiamos as mesmas comidas (abacate — que tipo de piada cruel é essa?), dividimos algumas roupas, assistimos a toneladas de filmes, passamos o tempo juntas, cada uma faz a outra rir, basicamente ela é a minha melhor amiga. E, deixe-me contar, é muito conveniente ter a sua melhor amiga vivendo na mesma casa que você. Não tenho certeza do porquê somos tão próximas. Talvez seja porque ela me teve ainda muito jovem. Ela tem trinta e dois anos. Eu tenho dezesseis. Então, basicamente, acho que crescemos juntas. Agora, eu adoraria dizer que a parte mais forte da nossa ligação é o nosso respeito mútuo, mas não é. É a nossa completa devoção por café. Somos escravas dele. Nós falamos com ele. "Hey, senhor café, como está hoje? Bem? Bom saber. Eu também." Minha mãe diz que se ela tivesse um menino, iria chamá-lo de Juan Valdez (ele é um cara de um comercial de café antigo. Pergunte aos seus pais, eles vão saber). De qualquer maneira, se você é

Gilmore girls

como nós e o café é importante para você, então você tem que conhecer a lanchonete do Luke. O melhor café, com certeza. O cara é um gênio. E o mais maluco é que ele nem mesmo gosta de café. Ou de qualquer coisa sobre esse assunto. Mas não importa o quão rabugento ele seja, eu e minha mãe vamos lá todos os dias. Faça chuva, sol, neve, a escassez de café que faz os preços dispararem, nada nos separa da nossa dose diária e bela de felicidade.

Ontem pela manhã estava absolutamente congelante. Eu pulei da cama, peguei tudo o que era quente, exceto a colcha, e saí para encontrar minha mãe no Luke antes da escola. Fazia aquele frio que faz o interior das suas orelhas doer. Cheguei no Luke, arrastando a mim e aos quinze quilos de lã que vestia, e lá estava a minha mãe na mesa de sempre.

— Oi, está congelando! — eu disse enquanto me aproximava dela.

— Do que precisa? Chá quente, café? — ela perguntou com um sorriso.

Eu me sentei à mesa e percebi do que eu realmente precisava.

— Um gloss labial — eu disse a ela.

Minha mãe começou a remexer sua bolsa gigante de couro preto. Bem, ela chama aquilo de bolsa, mas é mais uma sacola de compras. É legal porque, assim, *eu* não preciso carregar nada.

— Ahá! — Ela puxou uma bolsa plástica cheia de repartições e coisas chacoalhando dentro e a remexeu. — Tenho de baunilha, chocolate, morango e marshmallow tostado.

— Alguma coisa que não seja parecida com cereal matinal?

— Sim — ela arrancou uma outra bolsa de maquiagem e retirou um único tubo. — Não tem cheiro, mas muda de cor conforme o humor.

— Deus, nem RuPaul[1] precisa de tanta maquiagem — complementei, enquanto ela me entregava todos aqueles brilhos labiais.

— Você está rabugenta — ela disse.

— Desculpe, eu perdi o meu CD do Macy Gray e preciso de cafeína.

— Estou com o seu CD — ela o retirou de sua bolsa.

— Ladra! — eu disse, enquanto ela o colocava na mesa.

---

1 RuPaul Andre Charles, também conhecido como "Mãe das Drags", tornou-se famoso nos anos 1990, quando fez participações em filmes, programas de TV e álbuns musicais. (N. do R.)

Tal Mãe, Tal Filha

— Desculpe. Vou pegar um pouco de café para você — ela saltou da mesa.

Enquanto ela estava no balcão, comecei a cheirar os diferentes tipos de gloss. Estava passando um deles quando um cara usando uma camisa azul e um casaco de lã xadrez se aproximou da nossa mesa.

— Bom dia — ele disse.

— Oi — acenei com a cabeça.

— Eu sou Joey — ele disse. — Estou a caminho de Hartford. E você?

— Não a caminho para Hartford? — eu disse, olhando para ele.

Ele se inclinou e colocou suas mãos na mesa.

— Eu nunca estive aqui antes — ele disse.

— Ah, já esteve, sim — minha mãe disse enquanto ela se aproximava atrás dele. Comecei a rir.

Joey se virou, completamente em choque.

— Oh, oi! — Ele disse de modo constrangedor.

— Oh, oi! Você gosta mesmo da minha mesa, não é? — ela perguntou.

— Eu só estava... — ele se atrapalhou.

— Tentando conhecer a minha filha — minha mãe disse, enquanto se aproximava do lado da minha cadeira.

O rosto do Joey ganhou um tom assustadoramente pálido.

— Sua... — ele começou, olhando para mim. Eu sorri para ele.

— Você é meu novo pai?

Achei que Joey fosse desmaiar.

— Uau! — Joey finalmente falou. — Você não parece ter idade para ter uma filha. Não, quero dizer...

Minha mãe apenas manteve o seu sorriso forçado. Joey se virou para mim.

— E você não se parece com uma filha.

— Essa deve ser uma gentileza sua. Obrigada! — ela disse.

— Então... uma filha — Joey disse. Ele fez um sinal para alguém sentado no balcão, e um cara vestido como um pateta e um sorriso de esperança estampado em seu rosto de vinte e poucos anos se aproximou.

— Sabe, estou viajando com um amigo, então...

— Ela tem dezesseis anos — minha mãe interrompeu.

Gilmore girls

Joey acenou de forma brusca. Fim de conversa. E saiu da lanchonete do Luke o mais rápido possível. Tchau!

— Dirija com cuidado! — ela disse.

Então eles se foram. Os homens dos nossos sonhos. Que pena. Minha mãe levou dois segundos para começar a imitar a cara que Joey fez, um recorde para ela, e nós duas rachamos de rir. E toda vez que olhávamos uma para a outra, nós ríamos mais e não conseguíamos parar. Foi tão feio que Luke quase nos arremessou para fora da lanchonete. Tenho que dizer que não há nada melhor do que sentar lá e rir com a minha mãe (ela está dizendo que é um par de botas de couro envernizado, mas nós vamos ignorá-la no momento.)

⚜ 1 ⚜

Minha melhor amiga, Lane Kim, se troca enquanto caminha até a escola. Basicamente, ajusta o seu vestuário para que fique um pouco mais moderno. Por exemplo, hoje de manhã, ela estava usando uma camiseta térmica pink quando eu a vi. Nada de errado com isso, mas não era a Lane. Então, ela revelou sua camiseta tie-dye que estava atulhada na sua mochila enorme e a vestiu sobre a camiseta pink. Agora, em vez de dizer "garotinha fofa e inocente", ela estava dizendo "Woodstock 99".

Lane tem feito isso durante quase todo o tempo que temos ido para a escola juntas, desde a primeira série.

— Quando você vai deixar seus pais saberem que você escuta o maléfico rock? — perguntei a Lane enquanto andava ao lado dela, carregando sua jaqueta jeans e sua mochila para ela mudar de camiseta. — Você é uma adolescente americana, pelo amor de Deus. Lane chacoalhou sua cabeça.

— Rory, se meus pais ainda ficam chateados com o tamanho obsceno da porção americana, duvido seriamente que eu consiga mudar alguma coisa com o Eminem.

Paramos em frente a um painel publicitário escrito "um passeio adolescente" enquanto Lane colocava a sua jaqueta jeans de volta.

— Tenho que ir lá — Lane disse, apontando para o painel enquanto puxava o casaco dela.

— O passeio? Está brincando — eu disse. Nossa cidade — Stars Hollow, Connecticut — foi fundada em 1779 e é incrivelmente exótica, tem uma arquitetura antiga legal, calçadas de pedra e muito charme, além de tradições fora de moda, como passeios.

Gilmore girls

— Meus pais me arranjaram um encontro com o filho de um sócio de negócios. Ele vai ser um médico — Lane sorriu enquanto disse isso, mas eu sabia que todos esses encontros às cegas que os pais dela arranjavam eram um pesadelo para ela. Lane lançou sua mochila nas costas e continuamos no caminho para a escola.

— Quantos anos ele tem? — perguntei.

— Dezesseis — Lane disse enquanto puxava seus cabelos para trás, na altura dos ombros, por baixo da gola da jaqueta.

— Então, ele vai ser um médico daqui a cem anos — eu disse.

— Bem, meus pais gostam de planejar o futuro — ela brincou. Eu sorri.

— E você tem que ir ao passeio com ele?

— *E* com o irmão mais velho dele — ela disse.

— Ah, isso só pode ser brincadeira — eu disse. Ela balançou a cabeça.

— Coreanos nunca brincam com futuros médicos. Então, acho que você não vai, né? — Lane me perguntou.

— Não. Ainda estou confusa sobre o que há de divertido em sentar-se no frio por duas horas com um monte de pauzinhos no traseiro — eu disse enquanto subia os degraus de pedra para o colégio de Stars Hollow.

— Bem, não espere que *eu* esclareça isso para você — Lane disse.

Nós seguimos para nossos armários, então fui para a minha primeira aula, literatura americana.

— Para vocês que não terminaram os capítulos finais de Huckleberry Finn[2], devem usar esse tempo para fazê-lo. — Sra. Traister disse. — Para os que terminaram, podem começar a redação agora. Qualquer que seja a tarefa escolhida, façam em silêncio.

Naturalmente, comecei a trabalhar na redação.

As três garotas sentadas na minha frente começaram a passar esmalte nas unhas.

Bem, todos nós temos nossas prioridades.

---

2 *Aventuras de Huckleberry Finn*, romance considerado uma das obras-primas de Mark Twain na qual o protagonista, parceiro de Tom Sawyer, embarca em uma jangada rumo a muitas aventuras junto a Jim, um escravo fugitivo. (N. do T.)

Eu quero entrar em Harvard. Elas querem ir para um clube de dança perto de Harvard.

Depois de alguns minutos, pude vê-las me encarando, mas sem parar de escrever.

— Talvez seja uma carta de amor — uma das garotas sussurrou.

— Ou o diário dela — outra disse.

— Talvez seja um caderno de enquete — a garota na minha frente acrescentou.

Sophie Larson, que se senta perto de mim, levantou mesmo de sua carteira para olhar por cima do meu caderno.

— É o *trabalho* — ela disse em um tom um pouco enojado.

Elas me encararam por um segundo, então se viraram e voltaram a passar esmalte nas unhas.

Eu sorri e continuei escrevendo sobre Huck. Eu não ligo por ser diferente. Na verdade, eu meio que gosto disso.

— Pelo menos o esmalte tinha uma cor legal? — Lane me perguntou enquanto andávamos em direção à casa dela naquela tarde, depois da escola.

— Tinha brilhos nele — contei a ela. — E cheirava como chiclete.

— Bem, Mark Twain não poderia competir com isso — Lane disse enquanto chegávamos na porta da frente.

— Mãe? Estamos em casa! — ela chamou.

O primeiro andar da casa da Lane é sua loja de antiguidades: Antiguidades da Kim. É inacreditavelmente lotada com móveis e luminárias e recipientes de vidro de colecionáveis, e você se sente como um rato em um labirinto quando anda por ali. Lane e sua mãe continuaram gritando, tentando localizar uma à outra.

— Encontramos você na cozinha — Lane finalmente disse à sua mãe.

— O quê? — Sra. Kim gritou de onde parecia ser o fundo de um guarda-roupa feito de carvalho.

— A cozinha — eu disse mais alto.

— Quem está aí? — a Sra. Kim perguntou.

Gilmore girls

— É a Rory, mãe — Lane gritou para ela.

Aquele "Oh" murcho e desinteressado foi a resposta.

A Sra. Kim nunca vai gostar de mim.

— Uau, pude ouvir o desapontamento daqui — eu disse.

— Vamos, pare com isso — Lane disse. Eu me abaixei para evitar um lustre pendurado.

— É um saco que, mesmo depois de todos esses anos, sua mãe ainda me odeie.

— Ela não odeia você — Lane disse.

— Ela odeia a minha mãe — lembrei Lane.

— Ela não confia em mulheres solteiras — ela respondeu.

— *Você* é solteira — ressaltei.

— Estou saindo com um futuro proctologista. *Eu* tenho potencial. — Lane disse enquanto fazia a volta para entrar na cozinha.

— Suba as escadas — Sra. Kim disse quando ela nos viu. Ela não é a pessoa mais afetuosa do mundo quando estou por perto, e é bem rígida e tradicional. É difícil para mim não me sentir mal pela Lane algumas vezes. Além de esconder suas roupas da mãe, ela tem que estocar seus CDs debaixo das tábuas do assoalho no quarto dela.

— O chá está pronto — Sra. Kim disse. — Tenho muffins. São muito saudáveis. Sem laticínios, sem açúcar e sem trigo. Você deve molhá-los no chá para deixá-los macios o suficiente para morder, mas são muito saudáveis.

Dei um leve sorriso.

— Então, como vai a escola? — a Sra. Kim perguntou. —Nenhuma das garotas está grávida e abandonou a escola?

— Não que eu saiba — Lane disse.

— Pensando bem, Joanna Posner estava um pouco radiante — eu disse.

— O quê? — Os olhos da Sra. Kim se arregalaram. Esse poderia ser o seu pior pesadelo.

— Nada, mamãe. Ela só está brincando — Lane disse docemente.

— Garotos não gostam de garotas engraçadinhas — a Sra. Kim disse olhando para mim e balançando seu dedo indicador no ar a cada palavra.

Tal Mãe, Tal Filha

— Anotado — eu simplesmente disse. Felizmente, um cliente entrou na loja bem na hora, então, foi o fim da nossa discussão.

— Peguem os muffins. Feitos com trigo germinado. Só ficarão bons por vinte e quatro horas — a Sra. Kim disse. — Tudo pela metade do preço! — ela gritou enquanto passava apressada por nós para encontrar o cliente. Lane e eu olhamos uma para a outra. Nós duas concordamos por muito tempo que é bom ter uma melhor amiga que entende o quão louca é a sua família, sem sentir a necessidade de reforçar isso constantemente.

Depois da escola, no dia seguinte, fui encontrar minha mãe no trabalho, no Independence Inn. Na verdade, nós costumávamos viver na propriedade, no galpão de jardinagem. A arquitetura é absolutamente incrível, muito clássica, muito Connecticut com colunas altas e brancas e uma varanda envolvente. Minha mãe ama o seu trabalho — ela faz mesmo aquele lugar funcionar, em todos os aspectos.

Enquanto eu caminhava para a frente do balcão, o *concierge*, Michel Gerard, me deu um olhar maléfico. Por que não daria? Ele faz isso com todo mundo. Mesmo os hóspedes. Na verdade, ele é muito bom em seu trabalho e não é uma pessoa ruim quando você releva o seu sotaque ranhoso e sua atitude. Decidi não perguntar para Michel onde minha mãe poderia estar. Obviamente, ele ainda está bravo comigo por pedir a ele para revisar o meu trabalho de francês no dia anterior. Não levaria mais de cinco minutos para ele. Ele é francês.

— Mãe? — eu gritei enquanto seguia para a cozinha.

— Aqui! Ela está aqui! — Sookie é a chef do hotel, e uma das melhores amigas da minha mãe. Na verdade, minha mãe e Sookie planejam abrir sua própria pousada algum dia. Ela é realmente uma ótima pessoa, uma chef inacreditável, e um pouco desajeitada, não que isso seja uma coisa ruim, é que ela tende a se machucar muito. Por sorte, o resto da equipe de cozinha toma conta das coisas antes que haja um verdadeiro desastre.

Gilmore girls

Fui para a cozinha para ver a minha mãe e Sookie com um sorriso bem largo.

— Vocês estão felizes — eu disse.

Minha mãe continuou sorrindo. Seus olhos estavam literalmente brilhando.

— Sim.

— Você fez alguma coisa sórdida? — perguntei.

— Não estou *tão* feliz assim — ela disse. Ela e Sookie começaram a rir. Então minha mãe estendeu uma sacola de plástico rosa para mim.

— Aqui.

Peguei a sacola e comecei a rir também. Eu não fazia ideia do que tinha ali, mas as duas pareciam tão felizes que tinha que ser algo grandioso.

— Abra! — minha mãe me pediu.

Eu coloquei a mão lá dentro, vasculhei o papel de seda e tirei uma saia xadrez azul e branca, meio de lã, com um monte de pregas. Tive que perguntar:

— Vou fazer um videoclipe da Britney Spears?

— Você vai para Chilton! — Sookie deixou escapar, bastante animada. Ela se virou para a minha mãe. — Desculpe.

Chilton? A escola particular mais exclusiva da região? O lugar que praticamente tinha um ônibus circular partindo para as escolas da Ivy League no dia da formatura? Eu não podia acreditar. Como... quando?

— Mãe? — perguntei.

Ela estendeu uma carta.

— Você conseguiu, querida. Você entrou! — Ela tinha um grande sorriso em seu rosto. Eu não sei se já a tinha visto tão feliz.

— *Como* isso aconteceu? — perguntei animada. — Você não... com o diretor, certo?

— Oh, querida, aquilo foi uma piada — minha mãe disse com um aceno de mão. — Eles tinham uma vaga aberta e você começa na segunda — ela me disse.

— É sério? — Eu ainda não podia acreditar. Eu, na Escola Preparatória de Chilton? Soava tão formal, tão nobre, tão... pré-Harvard.

— É sério — minha mãe disse.

Tal Mãe, Tal Filha

— Não acredito. Oh, meu Deus! Eu vou para Chilton! — eu disse. Rapidamente abracei minha mãe. — Sookie, eu vou para Chilton! — Eu gritei, abraçando-a também.

— Vou fazer biscoitos de aveia — Sookie disse.

— Tenho que ligar para a Lane. — Eu me virei e comecei a correr para fora da cozinha. Então, pensei: *Estou louca?* Dei a volta e abracei minha mãe de novo. Foi uma notícia inacreditável.

— Eu amo você! — eu disse.

— Ooohh, eu amo você — ela disse.

Eu corri para fora da cozinha em direção ao saguão. Michel olhou para mim enquanto eu pegava o telefone.

— Este é o telefone do hotel. Não é para garotas ligarem para outras garotas... amigas — Michel disse.

— Eu vou para Chilton — eu disse a ele animada.

Ele não ficou impressionado.

Estendi a saia. — Chilton, é uma escola particular exclusiva — eu disse. — Dificilmente alguém consegue entrar.

— É um internato?

— Não — eu disse a ele.

— Oh — ele pareceu decepcionado. — Bem, fica longe daqui?

— A meia hora daqui — eu disse a ele.

— Bom. Talvez você perca o ônibus algumas vezes — ele disse. Ele é tão gentil. Mesmo.

❧ 2 ❧

Na noite seguinte, minha mãe e Sookie estavam sentadas na frente da varanda conversando quando eu saí da casa para mostrar meu uniforme de Chilton. Eu ainda tenho que comprar o blazer, a camisa, os sapatos de sela, e a gravatinha.

— Então, o que acha? — perguntei.

— Uau. Faz você parecer inteligente — Sookie disse.

Olhei para ela por um segundo. Ela estava apoiada na grade da varanda e seu rosto estava levemente rosado.

— Certo, chega de vinho para você — eu disse para Sookie. — Mãe?

— Você parece ter sido engolida por um *kilt* — ela brincou.

— Está bem, você pode fazer a bainha — eu disse um pouco hesitante.

Minha mãe ficou toda contente e começou a bater palmas.

— Um pouco — eu disse a ela. — Só um pouco.

— Certo — ela disse enquanto entrava, e Sookie estava indo para a cozinha. Minha mãe é uma ótima costureira e consegue fazer bainhas, ou colocar um zíper em praticamente qualquer coisa.

— Não acredito que sexta-feira é meu último dia no colégio de Stars Hollow — eu disse.

— Eu *sei* — minha mãe disse, soando como se ela não acreditasse também.

— Fiquei tão animada hoje que até me vesti para ir para a educação física — eu disse.

— Ah, você está brincando — ela disse.

Não é a minha praia. — *E* joguei voleibol — eu disse.

Tal Mãe, Tal Filha

— Com outras pessoas? — ela perguntou, enquanto pegava uma almofada de alfinetes na mesa da sala e eu movia o puff para ficar em cima dele.

— E aprendi algo sobre todo esse tempo evitando esportes em grupo — eu disse.

— O quê? — minha mãe começou a alfinetar o kilt na altura dos joelhos.

— Que foi uma atitude *muito* inteligente porque eu sou péssima em esportes — eu disse.

— Bem, você puxou isso de mim — ela disse, sorrindo.

— Então, onde está o patê? — Sookie perguntou enquanto ela voltava para a cozinha.

— Na casa da Zsa Zsa Gabor[3]? — minha mãe chutou.

— Certo — Sookie disse. — Vou ao mercado porque vocês não têm *nada*. Gostam de pato? — ela perguntou.

— Se for feito de frango, definitivamente — minha mãe disse.

— Eu já volto! — Sookie gritou por cima dos ombros.

— Até mais! — minha mãe alfinetou o kilt na altura dos joelhos por mais um minuto, e disse: — Certo, isso vai dar a você uma ideia. Vá ver se gosta.

— Certo — eu pulei do puff e fui para o meu quarto. No caminho, virei-me e agarrei o corrimão ao pé da escada.

— Eu amo ser uma garota de escola particular — eu disse.

Minha mãe sorriu quando eu disse aquilo, mas ela parecia meio nervosa. Imaginei que ela estivesse preocupada pelo trabalho de costura que estava à sua frente.

Fiquei em frente ao espelho no meu quarto e olhei para a minha imagem. Eu mal podia esperar para começar na nova escola.

---

3 Zsa Zsa Gabor (6 de fevereiro de 1917 - 18 de dezembro de 2016) foi uma atriz e socialite estadunidense-húngara. Apareceu em filmes como Moulin Rouge (1958) e Lili (1953) e também na série Batman (1968). (N. do R.)

Gilmore girls

— E nós temos que usar uniformes — eu disse para Lane enquanto ela me ajudava a esvaziar o meu armário na tarde de terça-feira. Eu retirei o último dos livros da prateleira de cima e foi isso. A caixa estava completamente cheia agora. — Chega de pessoas reparando no jeans que você está usando porque todos se vestem de forma parecida e estão lá para aprender — expliquei.

— Certo, tem espírito acadêmico, e tem o Amish[4] — Lane disse. Começamos a descer até o hall de entrada, no portão principal da escola. Eu sorri para ela.

— Engraçadinha.

— Obrigada — ela respondeu. — Então, contei à minha mãe que você está indo para outra escola.

— Ela ficou contente?

— A festa é na sexta — Lane riu. — Ah, tenho que ir. Preciso tomar um chá com um futuro médico. Como estou? Coreana?

— Cuspira e escarrada — eu disse, sorrindo.

— Bom — ela bateu na minha caixa gigante. — Tchau!

— Tchau! — eu disse. Quando me virei para olhar ela indo embora, algumas coisas caíram de cima da minha caixa. Eu me agachei, deixei a caixa no chão, alguns pedaços de papel amarelo amassado e um livro.

De repente, havia um par de joelhos bem na minha frente, me encarando.

— Meu Deus! Parece a Ruth Gordon parada aí com uma raiz de Tanísia. Faça algum *barulho*.

— *O Bebê de Rosemary* — a voz profunda acima de mim disse.

Olhei para as pernas. Elas estavam ligadas a um rosto muito bonito de um garoto. Ele era alto, pelo menos 1,80 cm, e tinha cabelos castanhos que lhe caíam bem. Estava usando uma jaqueta de couro e era muito, muito bonito. Fiquei completamente atordoada por ele ter pegado a referência de *O Bebê de Rosemary*. Ninguém nunca tinha feito isso.

— Sim — eu disse, enquanto me levantava.

---

4 A comunidade Amish é um grupo cristão da doutrina Anabatista que se estabeleceu nos Estados Unidos no século XVIII. (N. do R.)

Tal Mãe, Tal Filha

— É um ótimo filme — ele disse com o seu meio sorriso. — Você tem bom gosto — ele olhou para todas as coisas que eu estava tentando carregar sem sucesso. — Está se mudando?

— Não, só os meus livros — eu disse.

— Minha família acabou de se mudar para cá. De Chicago — ele explicou.

— Chicago — eu repeti. Ele era um garoto da cidade. — Windy. Oprah.

— Sim, isso mesmo — ele disse.

Olhei para o piso de madeira. Eu não sabia mais o que dizer.

De repente, ele se inclinou e disse:

— Sou Dean.

— Oi! — eu disse.

Ele ergueu as sobrancelhas, como se dissesse: Alguma coisa a mais? Não está esquecendo de alguma coisa? Mas eu nunca tinha conhecido um Dean antes e estava momentaneamente atordoada.

— Oh, Rory. Eu… é o meu nome.

— Rory — ele repetiu.

— Bem, Lorelay, tecnicamente.

— Lorelay. Eu gosto — ele disse, ainda sorrindo.

— Também é o nome da minha mãe — eu disse. — Ela me deu esse nome que era dela. Ela estava no hospital pensando em como os homens dão seus nomes aos filhos, sabe? Então, por que as mulheres também não podem? Ela disse que o seu lado feminista meio que assumiu o controle. Mas cá entre nós? Acho que uma boa dose de Demerol também pesou em sua decisão. — Parei e olhei para ele. — Eu não costumo falar desse jeito — e eu ainda estava falando e desafiando a lógica.

Ficamos lá por alguns segundos sem dizer nada.

— Bem, é melhor eu ir — ele disse.

— Oh, claro — eu disse bem indiferente. Quem não precisaria ir depois de um discurso desses?

— Preciso ir para procurar um emprego — ele disse.

— Certo, legal — eu disse. Ele andou em direção à saída.

— Você deveria perguntar à Srta. Patty — deixei escapar.

— O quê? — ele se virou, encarando-me.

Gilmore girls

— Sobre o emprego. Você poderia ver com a Srta. Patty — eu disse.

— Ela ensina dança. Ela já esteve na Broadway uma vez — expliquei.

Ele pareceu confuso. — Eu... eu, na verdade, não danço muito.

— Não! — Eu disse. — Ela meio que sabe tudo o que acontece na cidade. Ela vai saber se houver alguém precisando.

— Oh, ótimo! — ele sorriu, parecendo um pouco envergonhado. — Obrigado.

Olhei para baixo novamente. Eu fazia muito isso quando ele estava por perto.

Ele se voltou para mim. — Ei, o que vai fazer agora?

— Nada. Tudo — segurei os pedaços de papel amarelo amassados. — Eu devia jogar isso fora em algum lugar.

— Bem, talvez você pudesse me mostrar onde fica a Srta. Patty — Dean pediu.

— Sim, eu acho. Eu não tenho nada importante para fazer... vamos! — eu disse.

Dean pegou minha caixa gigante de livros e papéis e saímos da escola juntos. Foi um incrível fim de tarde.

— Então, você viveu aqui durante toda a sua vida? — Dean perguntou enquanto cruzávamos a grama em frente à escola.

— Sim, praticamente — eu disse. — Na verdade, eu nasci em Hartford.

— Não é longe — Dean disse.

— Trinta minutos sem trânsito — eu disse.

— Sério? — Ele parecia realmente interessado, o que era incrível, considerando que eu estava falando sobre o trânsito.

— Eu cronometrei — eu disse.

— Certo — Ele sorriu e continuamos caminhando.

— Então, você gosta de bolo? — ele perguntou. Estávamos caminhando pela cidade e passamos em frente à doceria.

— O quê? — Dean disse.

— Eles fazem bolos muito bons. Aqui — eu disse. — Eles são muito... redondos — o que eu estava falando? Talvez eu não devesse estar falando agora. Minha boca não estava sendo confiável. Nem um pouco confiável.

Tal Mãe, Tal Filha

Dean riu. — Certo. Vou me lembrar disso — ele estava sendo bem educado, considerando que eu parecia uma louca.

— Sim, bem. Tome nota — eu disse. — Você não vai querer esquecer onde estão os bolos redondos.

Ficou silêncio por alguns segundos. Então, Dean disse:

— O que está achando de Moby Dick?

— Oh, é muito bom — eu disse. Fiquei tão aliviada pelo assunto dos bolos ter acabado.

— Mesmo? — Dean disse.

Eu sorri. — Sim, é o meu primeiro Melville.

— Legal! — Dean disse.

— Quero dizer, eu sei que é meio clichê ter Moby Dick como o primeiro Melville, mas... — Eu parei de andar. — Ei, como sabia que eu estava lendo Moby Dick? — perguntei.

Dean se virou e me olhou. Ele parecia um pouco desconfortável. — Ah, bem, eu estava observando você.

O quê? — Me observando? — Eu perguntei.

— Quero dizer, não um "estou observando você" assustador — ele disse. — Eu só... só tenho notado você.

— Eu? — eu não podia acreditar.

— Sim — ele admitiu.

— Quando? — eu perguntei.

Dean suspirou. — Todos os dias. Depois da aula, você sai, senta embaixo daquela árvore e lê. Semana passada foi Madame Bovary. Nesta semana é Moby Dick.

Eu ainda não tinha entendido. — Mas por que você...

— Porque é bom olhar para você — ele disse.

Eu não podia acreditar que ele poderia apenas ficar lá dizendo aquelas coisas sem ficar com vergonha.

— E porque você tem uma concentração incrível.

— O quê?

— Na última sexta, dois caras passaram jogando bola e um deles acertou o outro bem no rosto. Foi uma confusão — Dean disse. — Foi sangue pra todo lado. A enfermeira saiu, o lugar ficou um caos, a namorada dele estava pirando, e você apenas ficou ali, *lendo*. Quero dizer, você

Gilmore girls

nem sequer olhou para eles. Eu pensei, eu nunca vi alguém ler tão intensamente antes em toda a minha vida. *Tenho* que conhecer aquela garota.

Freneticamente, amassei os pedaços de papel amarelo na minha mão. Todo esse conceito de "estar observando" do Dean era meio emocionante e grandioso, mas era algo com que eu tinha que me acostumar. — Talvez eu não tenha olhado porque sou inacreditavelmente egocêntrica — eu disse.

— Pode ser — ele fez uma pausa. — Mas eu duvido — ele olhou dentro dos meus olhos e sorriu.

Não pude manter a intensidade do olhar. Desviei os olhos. Nós tínhamos que falar sobre *outra* coisa. — Então, eu já perguntei se você gosta de bolo? — comecei a descer a rua novamente.

— Sim, já — Dean acompanhou os passos ao meu lado.

— Oh, porque eles realmente fazem um bolo muito bom aqui — eu disse.

Dean apenas sorriu.

Ele era inteligente, bonito e muito, muito charmoso.

3

— Então, chegou atrasada em casa ontem — minha mãe disse. Estávamos sentadas no Luke, escolhendo nossas saladas, esperando nossos hambúrgueres chegarem.

— É, fui à biblioteca — eu disse, preocupada, pensando sobre Chilton e Dean e em como Dean não poderia estar em Chilton.

— Oh — minha mãe também parecia distraída. Ela tomou um gole de café e disse: — Oh, esqueci de te dizer, temos um jantar amanhã à noite com seus avós.

— Temos? — perguntei, surpresa. Meus avós, Emily e Richard Gilmore. Apesar de eles viverem a meia hora de distância, em Hartford, nós não os vemos com frequência. Fiquei surpresa com a declaração da minha mãe.

— Uhum — minha mãe disse.

— Mas é setembro — eu disse.

— E? — ela disse.

— Que feriado temos em setembro? — perguntei. Nós geralmente vamos ver o vovô e a vovó nos feriados. Feriados importantes.

— Veja, não é uma questão de feriados — minha mãe disse, já ficando irritada. — É apenas um jantar, ok?

— Legal — eu disse. — Desculpe! — Por que ela estava tão estressada?

Luke se aproximou da mesa com as nossas refeições. — Carne vermelha vai te matar — ele disse, enquanto deixava nossos hambúrgueres na mesa, na nossa frente. — Aproveitem.

Gilmore girls

— Então, terminei a bainha da sua saia hoje — minha mãe disse de uma maneira leve, enquanto Luke voltava para o balcão.

Eu não respondi nada. Ainda estava pensando em Dean. E se ele encontrasse outra pessoa para observar lendo *Moby Dick* do lado de fora do colégio de Stars Hollow?

Minha mãe limpou a garganta.

— Um grunhido de reconhecimento seria legal — ela disse, interrompendo meus pensamentos.

— Não entendo por que temos que ir ao jantar amanhã à noite. Quero dizer, e se eu tivesse planos? Você nem me perguntou.

— Se você tivesse planos, eu saberia — minha mãe disse.

— Como? — perguntei.

— Você teria me dito — ela disse.

— Eu não digo tudo a você. Eu tenho meus assuntos particulares — eu disse, rabugenta.

— Legal — ela encolheu os ombros —, você tem assuntos particulares.

— É isso mesmo. Eu tenho assuntos particulares — repeti.

Minha mãe me encarou. — Ei, eu tenho o direito de ser a rabugenta hoje.

— Só hoje? — murmurei.

Agora ela ficou chateada comigo. — O que deu em você? — ela perguntou.

— Não tenho certeza se quero ir para Chilton — eu disse.

— O quê? — Ela estava totalmente atordoada.

— O momento é ruim — eu disse.

— O *momento* é ruim?

— E a viagem de ônibus de Hartford? Leva trinta minutos — reforcei.

Ela balançou a cabeça. — Não posso acreditar no que estou ouvindo.

— E mais, não acho que deveríamos gastar esse dinheiro agora — eu disse. — Quero dizer, eu sei que Chilton está custando uma fortuna para você.

— Ah, você não faz *ideia* — ela disse.

— Todo o seu dinheiro deveria ser para comprar a pousada com a Sookie — eu disse. — Veja, estou pensando por nós duas.

Tal Mãe, Tal Filha

Eu ficaria no colégio de Stars Hollow com o Dean, e ela compraria a pousada.

— Mas e o colégio? — ela perguntou, realmente confusa agora. — E Harvard?

— Nós não sabemos se não vou entrar em Harvard se eu ficar aqui — eu disse.

— Certo, já chega. Chega dessa conversa maluca — ela disse. — Eu aprecio a sua preocupação, mas já está tudo acertado.

— Eu não quero ir — eu disse.

— Por quê? — ela perguntou.

— Porque não — eu disse. Porque eu tinha acabado de conhecer aquele garoto incrível e *não iria* para Chilton.

— Eu… eu tenho que sair daqui — minha mãe empurrou sua cadeira. Ela estava pirando. Ela pegou seu casaco e se apressou em direção à porta.

— Temos que pagar primeiro — eu disse.

Ela voltou e jogou algumas notas na mesa. Peguei meu casaco e fui atrás dela. Nós não brigamos assim — nunca. Essa coisa de Chilton estava despertando o pior em nós.

De repente, ouço o barulho de rodas de madeira na calçada. Enquanto atravessávamos a rua em direção à escola de balé da Srta. Patty, a carroça puxada por cavalos passou. Eu sorri para Lane, que estava sentada no banco de trás da carroça, espremida entre seus dois pretendentes. Presumi que um deles era o seu par e o outro era o irmão mais velho. Um dos garotos estava vestindo um casaco de chuva bege. Era tudo muito bege. Nenhum deles estava falando com a Lane quando eles passaram por nós, e pareciam todos infelizes, meio como eu me sinto.

Alcançamos a Srta. Patty, e sua escola estava aberta enquanto ela dava uma aula de balé noturno para o que pareciam ser garotas de seis anos de idade.

— Um-dois-três, um-dois-três — ela dizia. — Isso é uma valsa, garotas.

— Oh, Rory — Srta. Patty disse, seu rosto iluminado enquanto olhava para mim. — Bem, acho que encontrei um emprego para o seu amigo.

— Que amigo? — minha mãe perguntou imediatamente.

Gilmore girls

— Estão precisando de um empacotador no mercado — Srta. Patty disse. — Eu já falei com o Taylor Doose sobre ele. Apenas mande-o para lá amanhã — ela me disse. Então, deu um trago no seu cigarro.

— Certo — eu disse rapidamente. — Obrigada.

— *Que* garoto? — minha mãe perguntou de novo.

— Oh, ele é muito bonito. Você tem bom gosto — Srta. Patty disse, e sorriu para mim. Então, ela voltou feliz para a sua aula com as bailarinas em miniatura, dizendo: — Mãos para cima, não no nariz. Um-dois-três, um-dois-três.

Comecei a caminhar para casa antes que minha mãe tivesse a chance de se mover. Se eu fosse rápida o suficiente, talvez conseguisse evitar as perguntas.

Mas minha mãe estava na minha cola. — Ah, vai ter que ser mais rápida do que isso. Vai ter que se transformar na própria Flo-Jo[5] para escapar de mim — ela gritava atrás de mim.

Cheguei na porta da frente da nossa casa e a bati atrás de mim. Mas ela estava bem ali, abrindo-a novamente.

— É por causa de um garoto — ela disse, batendo a porta atrás dela também. — É claro. Não acredito que não percebi isso. Toda essa conversa sobre dinheiro e ônibus. Você está tendo um lance com um garoto e não quer sair da escola.

Empurrei todos os livros e cadernos que eu tinha deixado no sofá para a minha mochila. — Vou para a cama — eu disse. — Não quero ter essa discussão.

— Deus, eu sou tão ingênua — minha mãe continuou. — Este deveria ter sido o meu primeiro pensamento. Afinal, você é como *eu*.

— Eu *não* sou como você! — eu disse, virando e tentando passar pela minha mãe em direção à minha cama.

— Realmente. Alguém disposta a jogar importantes experiências de vida pela janela para ficar com um cara? — minha mãe disse. — Parece bem coisa minha.

— Tanto faz — eu disse. Finalmente eu consegui contorná-la para chegar à minha cama.

---

5   Delorez Florence Griffith-Joyner (1959 - 1998), atleta norte-americana que se especializou em provas de velocidade. (N. do R.)

Tal Mãe, Tal Filha

— Então, quem é ele? — ela perguntou enquanto me seguia.

— Não há nenhum garoto — eu disse.

— Ele tem cabelos pretos? Olhar romântico? Parece um pouco perigoso? — Ela disse.

— Esta conversa acabou — eu disse.

— Tatuagens são legais também — ela gritou atrás de mim. Eu me virei no corredor.

— Eu não quero me mudar de escola por todos os motivos que eu já te falei um milhão de vezes. Se não quer acreditar em mim, tudo bem. Boa noite.

— Ele tem uma moto? — minha mãe gritou. — Porque se vai jogar sua vida fora, é melhor que ele tenha uma moto!

Fui para o meu quarto e fechei a porta. Eu não queria falar sobre aquilo. Conhecer o Dean foi algo surpreendente e emocionante. Agora, de repente, ela estava falando dele como se ele fosse membro de uma gangue do mal, tentando me atrair para o seu covil. Poucos minutos depois, eu estava pronta para ir para a cama, a porta do meu quarto aberta.

— Acho que isso foi ótimo, não? — ela perguntou, entrando.

— Obrigada por fechar a porta — eu disse, jogando o meu suéter na cama.

— Ouça, podemos começar de novo? — ela perguntou. — Ok? Você me conta sobre o garoto, e eu prometo não deixar a minha cabeça explodir.

Sentei na minha cama e comecei a desamarrar os cadarços das minhas botas, sem dizer nada.

— Rory, por favor, fale comigo — ela disse, sentando na ponta da cama. Eu não queria falar com ela. — Ok, eu falo. Ouça, não me entenda mal. Garotos são ótimos. Eu sou uma grande fã de garotos. Você não engravida aos dezesseis sendo indiferente a eles — ela disse. — Mas, querida, os garotos sempre vão estar por perto, sabe? Esta escola, não. É mais importante. Tem que ser mais importante.

Eu peguei meu *Moby Dick*. — Vou dormir — eu disse a ela.

— Rory — minha mãe se aproximou de mim. — Você sempre foi a mais sensata desta casa, hein? Preciso que se lembre desse senti-

Gilmore girls

mento agora. Você vai chutar o seu próprio traseiro mais tarde se destruir essa chance.

Abaixei meu livro. — Bem, é o meu traseiro. Encostei minha cabeça no travesseiro, virando para o lado oposto a ela.

— Boa resposta.

— Obrigada.

— De nada. — Ela fez uma pausa por um segundo. — Rory... vamos... — ela implorou.

— Eu não quero falar sobre isso! — eu disse, frustrada. — Você pode, por favor, me deixar sozinha?

— Ok, tudo bem — ela levantou. — Sabe, sempre tivemos uma democracia nesta casa. Nunca fizemos nada sem que as duas concordassem. Mas, agora, acho que vou ter que bancar a mãe — ela respirou fundo e disse: — Você vai para Chilton, queira ou não. Segunda-feira de manhã, você estará lá. Fim da história.

— Vamos ver! — Eu disse, com lágrimas enchendo meus olhos.

— Sim, vamos ver! — Ela saiu do quarto, fechando a porta com uma batida.

Eu estava tão brava. Nós nunca tivemos uma briga e eu não estava acostumada ao sentimento de ter ela tão zangada comigo. Mas eu não conseguia deixar de pensar em Dean e em como a minha transferência para Chilton iria arruinar tudo o que poderia acontecer entre nós.

Levantei e liguei o rádio, para parar de pensar um pouco. A música de Macy Gray que eu e minha mãe gostamos estava tocando, o que só me fez sentir pior. As coisas ficaram realmente esquisitas nas últimas vinte e quatro horas. Estava começando a desejar nunca ter entrado em Chilton. Se eu não tivesse entrado, nada disso teria acontecido.

✎ 4 ✎

— Então, vamos entrar ou ficar aqui encenando *A Pequena Vendedora de Fósforos*[6]? — Eu perguntei à minha mãe enquanto estávamos na frente da casa dos meus avós, na noite de sexta-feira. Estávamos paradas lá por alguns minutos sem tocar a campainha.

É uma casa muito grande, muito imponente. Há várias fontes do lado de fora, assim como um par de esculturas de leão vigiando a porta da frente. Está mais para um pequeno museu particular do que para uma casa.

Ficamos dirigindo o caminho todo até a casa dos meus avós sem falar — pareceram os trinta minutos mais longos de todos. Também nos falamos muito pouco durante a tarde. É completamente antinatural para nós não conversarmos. Nós duas *amamos* conversar. É o que fazemos.

— Ok, veja — minha mãe disse. — Sei que você e eu estamos tendo algo aqui, e sei que você me odeia. Mas preciso que seja civilizada, pelo menos durante o jantar. Então, no caminho para casa você pode dar uma de Menendez[7]. Combinado?

— Legal — eu disse.

Minha mãe finalmente foi em frente e tocou a campainha. Segundos depois, minha avó abriu a pesada porta de carvalho com um sorriso no rosto. Minha avó parecia perfeita. Ela está sempre usando uma roupa

---

6 Conto de Hans Christian Andersen sobre uma menina que vendia fósforos e os usou para tentar se aquecer do frio do inverno. (N. do R.)

7 Referência ao caso dos irmãos Lyle e Erik Menendez, que foram condenados à prisão perpétua por matar os pais após anos de abuso. (N. do R.)

Gilmore girls

adequada, como um terninho, e com o cabelo feito, sapatos de salto alto e meia-calça.

Ela estaria pronta se o presidente a visitasse no meio da noite, *e* serviria um chá. Ela é uma pessoa bem impressionante nesse sentido.

— Oi, vovó! — eu disse sorrindo.

— Bem, chegaram bem na hora — ela disse.

— Sim, sim. Completamente sem trânsito — minha mãe disse enquanto passávamos pela porta.

— Nem consigo dizer o quão maravilhoso é ter vocês duas aqui — vovó pegou nossos casacos.

— Ah, sim, estamos felizes também — minha mãe disse.

Vovó olhou para o copo de papel com café que a minha mãe estava segurando. — É um copo colecionável de café ou posso jogá-lo fora para você? — ela perguntou.

— Oh — minha mãe olhou em volta, então foi jogar o copo no cesto de lixo próximo da porta.

— Na cozinha, por favor — vovó disse.

— Oh, desculpe — minha mãe disse. Era estranha a maneira como elas se comunicavam, às vezes. É como se minha mãe tivesse dez anos de idade, e estivesse sempre em apuros por problemas de comportamento.

Vovó colocou os braços ao meu redor e caminhamos até a sala de estar. — Então, quero ouvir tudo sobre Chilton! — ela disse animada.

— Bem, eu ainda não comecei — contei a ela. Eu ainda não tinha certeza se iria começar. Caminhamos até a sala de estar, que é extremamente elegante, com um candelabro de cristal e móveis antigos que custam mais que nossa casa inteira. — Richard, veja quem está aqui! — Vovó disse.

Meu avô estava sentado em um dos sofás, lendo um jornal. Ele deslizou seus óculos para baixo, até o nariz, para me ver melhor. — Rory! — ele disse. — Você está alta. — Ele estava usando calça de lã, uma camisa de Oxford, suéter e uma gravata-borboleta — seu visual padrão quando não estava usando terno. Ele é bem alto, então acho que ele presta atenção nas polegadas e centímetros.

— Acho que sim — eu disse com um encolher de ombros.

— Qual é a sua altura? — ele perguntou.

Tal Mãe, Tal Filha

— Um metro e setenta? — eu achava. Na verdade eu não era medida já fazia um tempo.

— É alta — ele disse, como se eu tivesse conquistado algo. Ele se virou para dizer à minha avó, que estava preparando drinques na mesinha atrás do sofá. — Ela é *alta*.

— Oi, pai! — minha mãe disse enquanto ela entrava na sala de estar.

— Lorelai. Sua filha é alta — vovô disse a ela.

— Oh, eu sei. É estranho — minha mãe respondeu. — Estamos pensando em levá-la para estudos.

Vovô olhou para ela como se ela fosse louca, enquanto eu segurei uma risada. — Ah — ele disse. Então, voltou a ler o seu jornal.

— Champanhe, alguém? — Minha avó ofereceu. Ela veio até nós, segurando uma bandeja de prata esterlina com quatro taças de cristal cheias de champanhe. É como estar em um universo paralelo enquanto estamos lá — a vida deles é tão diferente da nossa.

— Oh, que chique — minha mãe disse enquanto pegava uma taça. Eu peguei uma também.

— Bem, não é todo dia que eu tenho minhas duas garotas aqui para o jantar em um dia em que os bancos estão abertos — vovó disse.

Uma coisa pela qual você tem que dar crédito à minha avó e pela sua inteligência. Acho que minha mãe puxou isso.

Mas no que diz respeito à piada da minha avó sobre os bancos estarem abertos, eu ainda *estava* pensando sobre o porquê de estarmos aqui em uma noite de sexta normal. Deveria ser uma celebração pela minha entrada em Chilton? Se sim, por que minha mãe não tinha me dito?

— Um brinde — vovó levantou sua taça. — Pela entrada da Rory em Chilton. E uma emocionante nova fase em sua vida! — ela sorriu e então tomou um gole de champanhe.

— Tim, tim — meu avô disse concordando, sem olhar para cima. Ele é obcecado pelos jornais financeiros. Se ele ficasse preso em uma ilha deserta, ele encontraria uma forma de mandar entregá-los.

Enquanto eu tomava o champanhe, senti minha avó dando um sorriso um pouco mais brilhante e orgulhoso para mim, como se estivesse esperando alguma coisa. Então, isso tudo *era* sobre Chilton. Eu estava

Gilmore girls

muito pressionada. Eu nem queria ir para Chilton, e ela estava falando sobre ser "emocionante" e "novo".

Vovó, minha mãe e eu batemos nossas taças, e eu me senti como uma hipócrita.

— Bem, vamos sentar, sentem-se — vovó disse.

Eu me sentei ao lado do meu avô, e minha avó se sentou de frente para mim.

— Isso é maravilhoso — ela disse. A educação é uma das coisas mais importantes no mundo, ao lado da família.

— E torta — minha mãe acrescentou, com um sorriso bobo.

Meus avós apenas olharam para ela. E eu também. Ela adora torta, mas, ainda assim...

— Foi uma piada — ela explicou enquanto se sentava ao lado da vovó. — Piada.

— Ah — minha avó meio que acenou uma vez com a cabeça, e se afastou da minha mãe. Ambas tomaram longos goles de champanhe.

Esse silêncio ensurdecedor pairou sobre a sala de estar. Era como se todos nós tivéssemos ficado sem ter o que dizer naquele momento. Esperei que o jantar ficasse pronto logo.

Meu avô passou um caderno do jornal de finanças para mim e começamos a ler sobre o mercado de ações. Esta parecia ser uma noite muito demorada.

— Rory, como está o cordeiro? — Minha avó perguntou quando estávamos na metade do jantar.

— Está bom — eu disse.

Havia velas brancas e altas na mesa do jantar, e um centro de mesa com flores. O fogo ardia na lareira atrás da cadeira do vovô.

— Muito seco? — minha avó perguntou.

Balancei minha cabeça.

— Não, está perfeito.

— As batatas poderiam ter mais sal — minha mãe disse a ela.

— Como é? — vovó respondeu.

Tal Mãe, Tal Filha

Parecia que elas iam entrar em uma discussão sobre sal e batatas, então eu mudei de assunto rapidamente.

— Então, vovô, como está o negócio de seguros? — perguntei. Ele gesticulou e terminou de mastigar.

— Pessoas morrem, nós pagamos. Pessoas batem o carro, nós pagamos. Pessoas perdem o pé, nós pagamos.

— Bem, pelo menos já tem o seu novo slogan — minha mãe brincou. Eu sorri.

— E como vão as coisas no motel? — vovô perguntou para minha mãe.

— No *hotel*? — minha mãe o corrigiu. — Estão ótimas — ela tomou um outro gole de vinho.

— Lorelai é a gerente agora — vovó disse. — Não é maravilhoso?

— Falando nisso, Christopher ligou ontem — vovô disse enquanto levava a taça de vinho aos lábios.

Fiquei surpresa ao ouvir o vovô falar sobre o meu pai. Eu falava com meu pai uma vez por semana — ele se mudava muito e não gostava de nos contar o que estava fazendo.

— Falando nisso? Como assim "falando nisso"? — minha mãe perguntou. Ela parecia irritada, e eu entendia o lado dela. Eu olhei tensa para o vovô, me perguntando por que ele tinha trazido isso à tona.

— Ele está indo muito bem na Califórnia — ele continuou. — Sua *startup* de Internet se torna pública no próximo mês. Pode ser algo maravilhoso para ele — ele olhou para mim. — É um homem muito talentoso, o seu pai.

— Ela sabe — minha mãe respondeu.

— Ele sempre foi inteligente, aquele rapaz — vovô disse. Ele sorriu para mim. — Você deve ter puxado isso *dele*.

Minha mãe olhou para o vovô.

— Falando nisso, preciso de uma Coca — minha mãe colocou seu guardanapo na mesa e se levantou. — Ou uma faca — ela seguiu para a cozinha.

Eu não podia acreditar que o vovô tinha dito aquilo. Foi um verdadeiro insulto da parte dele dizer que eu era inteligente por causa do papai, que nunca esteve nem por perto.

Gilmore girls

Eu fiquei lá por alguns segundos me sentindo muito, muito desconfortável. Eu me sentia horrível pela minha mãe, e sabia que ela deveria estar muito pior. Eu a ouvi batendo pratos na cozinha. Parecia que estava lavando a louça. Coloquei meu garfo na mesa e comecei a me levantar.

— Acho que vou falar com ela...

— Não, eu vou — vovó se levantou. — Você fique e faça companhia ao seu avô.

Obedientemente, eu me sentei, esperando para ver o que ia acontecer. No entanto, não fazia diferença. Eu poderia muito bem ter entrado na cozinha com a vovó, já que podia ouvir tudo o que ela e minha mãe estavam dizendo uma para a outra.

— É assim que vai ser todas as noites de sexta? — minha mãe estava dizendo. — Eu venho e deixo vocês dois me atacarem?

Todas as noites de sexta? Do que ela estava falando?

— Você está sendo muito dramática — vovó disse.

— Você estava naquela mesa agora há pouco? — minha mãe perguntou.

— Sim, eu estava — vovó disse —, e eu acho que interpretou mal o que o seu pai disse.

— Interpretei mal? Como eu poderia ter interpretado mal? Estava aberto a interpretação? — minha mãe questionou em voz alta. Tentei não escutar.

— Por que você ataca cada palavra que eu digo? — minha mãe perguntou.

— Isso é um absurdo. Você mal disse uma palavra a noite toda — vovó respondeu.

— Isso não é verdade — minha mãe disse.

— Você disse "torta" — vovó admitiu.

— Ah, que isso — minha mãe disse.

— Sim, tudo o que eu ouvi foi "torta".

Então eu ouvi minha mãe dizer:

— Por que ele falou do Christopher? Aquilo era mesmo necessário?

— Ele gosta do Christopher — vovó disse calmamente.

Tal Mãe, Tal Filha

— Não é interessante? — a voz da minha mãe estava ficando mais alta. — Porque, pelo que me lembro, quando Christopher me engravidou, papai não gostou muito dele!

Senti o jantar inteiro meio que revirar no meu estômago. Elas estavam brigando por minha causa agora. Indiretamente, mas ainda era por minha causa.

— Oh, por favor. Você tinha dezesseis anos. O que deveríamos fazer? Dar uma festa? — vovó disse.

Minha mãe me contou uma vez sobre como seus pais se sentiam sobre as escolhas que ela tinha feito na vida, mas tem sido difícil para mim acreditar que eles as reprovaram de maneira tão intensa. Além disso, tudo correu muito bem, para nós duas.

— Nós estávamos desapontados — vovó disse. — Vocês dois tinham futuros brilhantes.

— Sim, e ao não nos casarmos, conseguimos *manter* esses futuros brilhantes — minha mãe disse.

— Quando se engravida, se casa — vovó argumentou persistentemente. — Uma criança precisa de uma mãe e um pai.

Eu meio que quis entrar e discordar. Eu amo meu pai, e seria ótimo se ele quisesse estar mais próximo de nós. Mas minha mãe e eu estávamos muito bem. Ótimas, na verdade. Nós tínhamos a melhor relação mãe-filha que qualquer pessoa poderia ter. Ela é a minha melhor amiga.

— Mamãe, você acha que Christopher teria sua própria empresa agora se ele tivesse se casado? Você acha que ele seria alguma coisa? — minha mãe perguntou.

— Sim, eu acho — vovó disse. — Seu pai o teria colocado no mercado de seguros e vocês estariam vivendo uma vida adorável agora.

— Ele não queria entrar no negócio de seguros, e eu *estou* vivendo uma vida adorável agora! — minha mãe disse. Ela estava furiosa e frustrada. Eu tinha que concordar com ela — nossa vida era adorável.

— Está certo — vovó disse. — Tão longe de nós. Você levou a menina e nos excluiu completamente da sua vida.

— Você queria me *controlar*! — eu ouvi minha mãe discutir.

— Você ainda era uma criança — vovó respondeu.

Gilmore girls

— Eu deixei de ser uma criança no momento em que a fita ficou rosa, ok? — minha mãe disse.

Senti meu rosto ficar vermelho, e vovô limpou a garganta. Acho que nós dois queríamos nos arrastar para debaixo da mesa.

— Eu tive que descobrir como viver. Encontrei um bom emprego...

— Como uma *faxineira* — vovó disse de maneira depreciativa. — Com toda a sua inteligência e talento.

— Eu me ergui. Eu *administro* o lugar agora — minha mãe disse. — Construí minha própria vida sem a ajuda de ninguém.

— Sim, e pense em onde estaria se tivesse aceitado alguma ajuda. Hein? E onde Rory estaria? Mas não. Você foi sempre tão orgulhosa para aceitar a ajuda de qualquer pessoa — vovó disse.

— Bem, não fui tão orgulhosa para vir aqui até vocês dois implorar por dinheiro para a escola da minha filha, fui? — minha mãe perguntou.

O quê? Era tudo sobre isso? Fiquei completamente chocada. Não podia acreditar que minha mãe poderia fazer algo assim — ela se orgulhava de viver de forma independente.

Uau. Esta briga inteira era sobre algo que eu queria fazer. Por que ela não me *contou* que não poderíamos pagar por Chilton?

— Mas é orgulhosa o suficiente para não deixar que ela saiba disso, não é? — vovó disse. — Bem, você tem o seu precioso orgulho e eu tenho os jantares semanais.

Jantares semanais. Então era verdade. Toda sexta à noite precisaremos estar aqui.

Eu não sabia o que fazer. Eu deveria ir até lá e agradecer à vovó por nos dar o dinheiro para eu ir para Chilton? Deveria agradecer à minha mãe por pedir o dinheiro? Eu deveria me desculpar por querer ir a Chilton, em primeiro lugar?

Olhei para o vovô para ver se ele tinha alguma dica, mas eu não receberia nenhuma resposta dele. Ele tinha cochilado.

Minha mãe e eu saímos dez minutos depois, após fingir comer parte de um bolo de chocolate de doze camadas. Descobri que, na casa dos meus avós, não importava se as pessoas estavam brigando ou não estavam falando umas com as outras, você ainda comeria sobremesa.

Tal Mãe, Tal Filha

Uma vez que nós saímos, minha mãe caiu sobre a parede de pedra próxima da porta.

— Mãe? — eu disse, preocupada. Ela parecia muito pálida, como se fosse desmaiar. Ela não tinha comido quase nada no jantar.

Ela sorriu para mim. — Estou bem. Eu só... eu pareço menor? — ela perguntou. — Porque eu me sinto menor.

— Ei... e seu eu comprar uma xícara de café para você? — perguntei.

— Oh, sim — ela colocou seus braços em volta dos meus ombros e descemos os degraus da frente juntas. — Você dirige, ok? Porque acho que meus pés não alcançariam os pedais.

Enquanto nos aproximávamos do Luke, cerca de meia hora depois, eu quis quebrar o gelo. Assim como no caminho até Hartford, não dissemos muita coisa no carro.

— Então, legal o jantar na casa do vovô e da vovó — eu disse, de forma descontraída.

— Ah, sim. As louças nunca ficaram tão limpas — minha mãe disse, exaustivamente.

— Você e vovó pareceram ter uma boa conversa — eu disse com um sorriso.

Ela parou antes de entrar no Luke. — Quanto você ouviu?

— Ah, não muito — eu disse, encolhendo os ombros. — Você sabe, partes.

— Partes — ela repetiu.

— Pequenas partes — eu disse.

— Então, basicamente tudo? — ela perguntou.

— Basicamente, sim — admiti.

Minha mãe abriu a porta e entrou no Luke.

— Bem, o melhor dos planos.

Eu tirei minha jaqueta e sentamos em uma mesa vazia próxima à porta. Estava quieto no Luke. Era legal ter um lugar quase todo só para nós.

— Acho que você foi muito corajosa por ter pedido o dinheiro — eu disse.

— Oh. Eu realmente não quero falar sobre isso — ela disse.

Gilmore girls

— Então, quantos jantares vamos ter até isso tudo acabar? — perguntei, tentando tornar as coisas melhores.

As noites de sexta não seriam as mesmas de agora em diante, mas talvez eu finalmente pudesse conhecer meus avós um pouco melhor.

— Acho que os canapés no meu funeral marcarão o fim — minha mãe disse. Então ela começou a sorrir. — Ei, espere... isso significa? — Ela perguntou.

— Que não posso desperdiçar uma saia xadrez tão boa — eu disse, sorrindo.

— Ah, querida. Você não vai se arrepender. — Ela parecia tão feliz. Percebi que não a via sorrir há algum tempo. Foi legal. Ela devia estar realmente estressada por causa de Chilton desde o início, tentando descobrir como pagar pela matrícula. E ali estava eu, dizendo a ela que eu não iria. Eu nunca teria dito aquilo se soubesse pelo que ela estava passando. E era tão típico dela não me contar, apenas seguir e fazer com que parecesse fácil — quando ela estava fazendo um grande sacrifício por mim.

Luke veio anotar o nosso pedido. Ele estava bem-vestido, para ele, usando uma camisa de botão que não era de flanela. Ele não estava nem usando um boné de baseball. Eu tinha me esquecido de como era a cabeça dele sem o boné. Minha mãe também notou.

— Uau — ela disse. — Você está bonito. Bem bonito.

— Fui a uma reunião mais cedo no banco. Eles gostam de colarinhos — ele respondeu. — Você também está bonita.

— Eu fui a um flagelo — minha mãe respondeu secamente.

Luke sorriu e anotou o nosso pedido.

— Então, conte-me sobre o garoto — minha mãe disse depois que Luke se afastou. *Oh, Deus, lá vem*, eu pensei. Ela vai me interrogar sobre o Dean agora.

— Sabe o que é realmente especial na nossa relação? — eu disse. — O total entendimento sobre a necessidade de privacidade. Quero dizer, você *realmente* entende os limites.

— Então. Fale-me sobre o garoto — ela pressionou.

— Mãe... — eu disse.

— Ele é sonhador? — ela perguntou.

Tal Mãe, Tal Filha

Sonhador? Revirei os olhos. — Isso é tão *Nick at Nite*[8].

— Bem, vou descobrir de qualquer maneira — ela disse.

— Mesmo? Como? — perguntei.

— Vou espionar — ela disse.

Luke trouxe duas canecas de café e um prato com batatas fritas até a mesa.

— Café... fritas... — ele disse enquanto colocava as coisas na mesa. Então ele ficou lá por alguns segundos enquanto começávamos a tomar o nosso café.

— Eu não aguento — ele disse, finalmente. — Isso é tão prejudicial à saúde. Rory, por favor, largue esse copo de café. Você não quer crescer para ser como sua mãe.

Olhei para o Luke, então, olhei para a minha mãe. — Desculpe — eu disse. — Tarde demais.

Sorrimos uma para a outra. Era tão bom que nossa briga por causa de Chilton tinha terminado. Minha mãe estava certa. Eu não podia perder aquela oportunidade. Com ou sem o Dean.

— Então, conte-me sobre o garoto — minha mãe disse de novo, uma vez que o Luke tinha voltado para o balcão.

— A conta, por favor! — brinquei.

— Não mesmo, você está com vergonha de falar sobre ele? — Ela pressionou.

Eu sabia que ela ia ficar me perguntando sobre o Dean durante a noite toda. Mas tudo bem. Eu estava indo para Chilton. E minha mãe fez tudo acontecer.

---

8 Programa noturno apresentado na Nickelodeon desde julho de 1985. (N. do R.)

ꙮ 5 ꙮ

Não demorou muito até minha mãe e eu estabelecermos a rotina dos jantares de sexta à noite na casa dos meus avós. Na verdade, eu gostei. Era ótimo passar o tempo com os meus avós, e meu avô até me levou para o clube para tentar me ensinar golfe — fracasso total no lado esportivo, mas um enorme sucesso no lado da união. Descobrimos que temos interesses parecidos, e ele tem me dado algumas primeiras edições ótimas de livros que eu amo. Sem contar que agora eu estava indo para Chilton. Eu poderia pensar em outras coisas que eu poderia fazer na sexta à noite, como sair com a Lane. Ou, acidentalmente, me deparar com o Dean. Não consegui vê-los tanto quanto eu gostaria. Chilton tinha muito mais demandas acadêmicas que a minha antiga escola, então muitas das noites durante a semana foram preenchidas com o dever de casa. Era uma escola realmente competitiva, e ninguém lá gostava de mim.

Paris Geller era a que me odiava mais. Ela jurou tornar a minha vida lastimável — literalmente — depois que fui para Chilton, além de descobrir que eu poderia competir com ela nas aulas. Supostamente, quando eu apareci, estraguei o plano mestre dela. Suas amigas, Madeline e Louise, também me odiaram. Elas fizeram disso uma atividade em grupo.

Depois tinha o Tristin Dugray, que não tinha uma emoção maior na vida do que zombar de mim. Ele me chamou de Mary durante as primeiras duas semanas que eu fui para Chilton. Como a Virgem Maria.

No final de semana letivo, eu geralmente ficava exausta, e ir para o jantar de sexta à noite na casa dos meus avós tinha suas vantagens. Nos-

Tal Mãe, Tal Filha

sas vontades eram todas atendidas, a comida estava sempre deliciosa e a conversa nunca era chata.

— Então, amanhã, nosso advogado Joseph Stanford vem aqui — minha avó declarou enquanto tomava seu café pós-jantar.

— Ugh — minha mãe lamentou. — O pai da louca da Sissy.

— Que horror! — vovó disse. — Sissy era uma boa amiga sua.

— Mamãe, Sissy falava com seus bichos de pelúcia, e eles respondiam — minha mãe disse.

— Vamos mudar de assunto — eu disse, esperando evitar uma discussão.

Mas a vovó ainda não estava pronta para finalizar a conversa. — Você é impossível — ela disse para a minha mãe.

— Ela disse para *mudar* de assunto, mamãe.

Vovó estava ficando realmente estarrecida.

— Tudo vira uma piada. Todos são uma piada — ela disse com repulsa.

— Tá, desculpe — minha mãe se arrependeu.

Mas vovó ainda não tinha terminado. "Minha filha — Henny Youngman[9]", ela disse.

Meu avô voltou para a sala de jantar. — Desculpe por isso — ele disse. Sentou-se na mesa de jantar. — Houve um pequeno problema no nosso escritório da China. O que eu perdi?

— Eu estava me comportando mal, então virei um comediante judeu — minha mãe contou a ele.

— Ah, muito bem. Continue — vovô disse com um sorriso.

Isso não o incomodou de forma alguma. Era uma das coisas que eu realmente gostava nele — ele nunca se envolvia nos desacordos entre a minha mãe e a vovó.

— Obrigada. Onde eu estava? — vovó perguntou.

— Hum, Joseph Stanford vem amanhã — eu lembrei a ela.

---

9   Henry "Henny" Youngman (1906 - 1998) foi um violinista e comediante americano nascido na Inglaterra, conhecido pela suas *"one line"*, técnica de contar uma piada com uma única fala. (N. do R.)

Gilmore girls

— Sim! Então, Rory, seu avô e eu achamos que, depois do jantar, seria interessante que você desse uma volta pela casa e escolhesse o que quer, e nós deixamos para você no nosso testamento.

Vovó sorriu para mim. Era bizarro. Ela estava falando sobre mortes e testamentos depois do jantar. O advogado deles estava vindo amanhã para fazer um inventário de suas vidas e ela queria que eu escolhesse coisas?

— Dê uma olhada na mesa do meu escritório — meu avô disse para mim. — É uma peça georgiana muito interessante.

Minha mãe estava tão atordoada quanto eu com o rumo dos acontecimentos. — Por que eu não trago um gravador para esses jantares? — ela pensou.

— Oh, bem, qualquer coisa que quiserem deixar para mim será bom — eu disse. Eu não queria nada especificamente — tudo o que eu queria era que meus avós ficassem por aqui durante o maior tempo possível, assim não *precisariam* de seus testamentos.

— Bobagem! — minha avó disse. — Você deve ficar com o que gostar. Então, apenas dê uma olhada e quando vir algo de que goste, coloque um papelzinho — ela sorriu para mim.

Compras na casa dos meus avós com papeizinhos?

Fazer uma lista de desejos para o dia em que eles não estiverem mais aqui? Eles eram loucos? Eu estava sem palavras.

— Ok, vocês dois atingiram oficialmente um novo nível de estranheza com a qual até eu fico espantada — minha mãe disse.

— Você também pode escolher coisas, você sabe — vovó disse a ela.

— Oh, bem, agora ficou bem menos estranho — minha mãe disse.

— Você ouviu isso, Richard? — vovó perguntou. — Pelo visto, somos esquisitos.

— É, bem, vivendo e aprendendo — meu avô disse secamente.

Olhei para minha mãe através da mesa e tentei não rir.

A empregada foi até a sala de jantar, carregando uma bandeja de prata com quatro pratos de cristal com o que parecia ser pudim de chocolate.

— Oh, legal! — eu disse enquanto a empregada deixava um prato na minha frente.

Tal Mãe, Tal Filha

— O que é isso? — minha mãe perguntou.

— É sobremesa — vovó respondeu energicamente.

— É pudim — minha mãe disse.

— Bem, se sabia o que era, então por que perguntou? — vovó disse.

— Você não gosta de pudim — minha mãe disse.

Oh, meu Deus. Elas estavam discutindo sobre pudim de chocolate.

— Sim, mas *vocês* gostam de pudim — vovó disse.

— Oh, eu amo pudim. Eu idolatro pudim — minha mãe disse. — Eu tenho um cristal em cima da lareira de casa com a Virgem Maria, uma taça de vinho e uma nota de um dólar — ela continuou, enquanto vovó revirava os olhos.

— Nunca tinha comido um pudim em uma peça de cristal — eu disse admirada. Você nem imaginaria que isso muda o sabor, mas muda.

— Você gosta da taça? Cole um papelzinho nela quando terminar — vovó disse para mim.

Depois que terminamos o jantar, minha mãe e eu andamos pela casa com nossos blocos de papel. Meus avós têm um monte de coisas legais, e foi difícil escolher. Primeiro, eu não estava escolhendo nada, mas vovó insistiu que eu começasse a usar o bloquinho, ou me arrependeria mais tarde.

Minha mãe e eu paramos ao lado de um enorme vaso que, em algum momento, parecia ter sido usado como troca em alguma batalha entre samurais japoneses.

— Então, o que achamos disso? — minha mãe perguntou.

— Onde o colocaríamos? — Eu disse.

— Eu não sei. No Museu sinistro de Emily e Richard Gilmore? — ela disse.

— Esta é a noite mais estranha que já passei aqui! — eu disse, enquanto vovó voltava para a sala de estar.

— Então, como estamos indo? — ela perguntou animada.

— Bem — minha mãe disse. — Apenas nos preparando para o grande dia — ela brincou enquanto arrancava um papelzinho e o colava no enorme vaso.

— Muito bem — vovó disse, acenando com a cabeça em aprovação.

Gilmore girls

— Então, hum, está ficando tarde, mãe. A menos que você tenha um funeral para decorarmos, vamos embora — minha mãe disse.

— Algum pedido especial para o jantar da próxima sexta? — vovó perguntou para mim, sorrindo.

— Ah, bem... — Eu olhei para a minha mãe. Nós tínhamos falado sobre isso no carro mais cedo. E em casa. E pelas últimas duas semanas. Na próxima sexta seria o meu aniversário, e queríamos fazer uma grande festa na nossa casa, como fazemos todo ano. É tradição.

— Mãe, quero falar com você por um minuto — ela disse.

— Rory, por que não vai se despedir do seu avô?

— Muito esperta — eu disse baixinho enquanto saía da sala. Fui falar com o vovô por alguns minutos, e então saí para o carro com minha mãe.

Minha mãe entrou no jipe e fechou a porta.

— Então, o que acha de ter duas festas neste ano? — Ela parecia apologética.

— Você não conseguiu convencer ela — eu disse.

— Não, mas ela concordou que o quarteto de cordas aprendesse *Like a Virgin*[10] — ela disse, sorrindo.

— Bem, você tentou — eu disse, um pouco decepcionada.

— Querida, eu prometo — sábado à noite nós faremos tudo em nossa casa — ela disse. Nossas festas de aniversário geralmente são os principais eventos da cidade. — Então, essa festa da vovó vai ser algo muito trabalhado? — eu perguntei. Eu pensava no que ela poderia fazer com o meu aniversário, quando nossos jantares às noites de sexta acabaram virando um evento formal.

— Não muito, na verdade — minha mãe disse. — Será feriado nacional, bandeiras estarão a meio-mastro. Barbra Streisand[11] fará seu último show... de novo.

— O papa já tinha planos, mas ele está tentando desmarcá-los — ela continuou. — No entanto, Elvis e Jim Morrison virão, e vão trazer batatas.

---

10 Hit clássico de Madonna, lançado em 1984. (N. do R.)
11 Barbra Streisand é uma cantora e atriz estadunidense. (N. do R.)

Tal Mãe, Tal Filha

— Você faz uma simples pergunta... — Eu disse enquanto minha mãe ligava o jipe. Ela estava se divertindo com aquilo, mas eu realmente queria saber que tipo de festa seria aquela.

A festa na nossa casa será "a grande festa". Sem ofensa aos meus avós, mas minha mãe e eu temos o nosso próprio jeito de fazer as coisas, e adoramos dar festas.

Fiquei me perguntando se eu deveria convidar o Dean. Ele deveria estar lá. Eu queria que ele estivesse lá.

Tudo tem andado bem devagar com ele, mas na semana passada a coisa mudou de nível. Um dia ele pegou o meu ônibus para Chilton, e sentou atrás de mim, apenas para dizer "oi". Eu parei para vê-lo no mercado do Taylor, e mesmo que a nossa conversa não tenha ido muito além de "papel ou plástico?", ainda parecia significativa. Era como se estivéssemos fazendo pequenos gestos um para o outro.

Então, semana passada, ele veio até os nossos vizinhos, Babette e Morey, para entregar refrigerantes do mercado para o velório do gato Canela (eles eram muito apegados àquele gato, ok?) e nós tivemos aquele momento estranho fora da casa onde ele disse que podia ver que eu não estava interessada nele, então, iria parar de me chatear. Fiquei tão surpresa que não soube o que dizer. Ele começou a se afastar quando eu deixei escapar que eu estava. Interessada. Então nós dois sabemos que gostamos um do outro. E então? Um longo silêncio constrangedor.

Eu realmente queria que ele viesse à minha festa, mas não tinha certeza de que estava pronta para isso. Seria muita pressão para nós dois? Talvez eu precisasse de *três* festas de aniversário, e apenas uma com o Dean.

Na manhã de terça-feira eu tinha acabado de chegar a Chilton e estava abrindo meu armário quando Tristin veio e se apoiou no armário próximo a mim.

— Ei — ele disse, ficando um pouco próximo demais.

— O que é, Tristin? — perguntei, virando-me para ele.

— Só quero dizer feliz aniversário — ele disse.

— Não é meu aniversário — eu disse a ele.

Gilmore girls

Ele segurava um envelope branco. — Não, mas vai ser — ele abriu o cartão grosso que estava dentro do envelope e começou a lê-lo. — "Na sexta às quatro e três da madrugada, Lorelai…"

— O que é isso? — peguei o cartão dele e meus olhos se arregalaram enquanto eu o examinava rapidamente. Era um convite formal do meu aniversário. "Emily e Richard Gilmore foram abençoados com a sua netinha perfeita, Lorelay Leigh. Por favor, aproveitem esta sexta para celebrar esta feliz ocasião. Às sete horas. Traje formal é opcional."

— Quem mais recebeu isso? — perguntei a Tristin, horrorizada.

— Não sei — ele disse com um encolher de ombros. — Todos da nossa classe, eu acho.

Todos da nossa classe? Um grupo inteiro de alunos do segundo ano que não me conhecem, nem mesmo gostam de mim? Fechei o meu armário. — Tenho que ir — comecei a caminhar pela entrada.

— Vejo você na sexta, aniversariante! — Tristin gritou atrás de mim.

Continuei andando, olhando para o convite em minhas mãos. Como meus avós podiam fazer isso comigo?

— É ela — ouvi Louise dizer para outra menina enquanto eu passava por elas.

— Meus pais estão me *obrigando* a ir — a amiga dela disse.

— Outra festa por obrigação — Louise completou.

— Minha vida é um saco — a amiga lamentou.

"A vida dela é um saco?", pensei enquanto procurava um lugar para me esconder. Todo mundo na minha classe estava sendo obrigado a ir à minha festa de aniversário. Era um pesadelo.

Eu nunca tinha temido o meu aniversário antes.

Agora, minha vida é oficialmente uma droga.

6

— Uau. Mas que cara boa a sua — minha mãe disse com uma voz alegre enquanto eu entrava para encontrá-la no Luke, arrastando meus pés, minha mochila e a minha alma.

— Café — eu disse depois de me sentar.

— Dia ruim? — ela perguntou.

— Já usei a palavra "droga" tantas vezes que já perdeu o significado — eu disse.

— Bem, talvez isso anime você — ela disse. Ela abriu o zíper da bolsa que estava segurando e tirou um pedaço de tule verde-acinzentado.

— O que é isso? — perguntei.

— Sua roupa de festa! — ela disse alegremente.

Eu não podia visualizar nenhuma de nós vestindo uma roupa daquelas. — Então, é uma festa de Dia das Bruxas? — eu disse.

— Ouça — ela sorriu. "Fui fazer compras com a sua avó hoje, e foram três longas horas de "Para quem você comprou isso? Você conhece a Rory?" E finalmente eu disse, e ela ouviu, e então comprou uma coisa para você que acho que vai gostar.

Minha mãe estava literalmente radiante. Ela não costuma ficar assim quando está falando da vovó. Isso fez com que eu me sentisse feliz por ela, mesmo que eu não estivesse me sentindo melhor. — Jura? — perguntei.

— É verdade. E claro que ela insistiu em comprar três vestidos para nós, mas acho que consigo fazer algo para deixá-los melhores — ela disse.

Gilmore girls

— Uau. Eu nunca tinha visto você assim depois de passar um tempo com a vovó — eu disse.

— Bem, há muito tempo não acontecia de sairmos juntas sem acabar em briga. Foi um alívio. Não foi exatamente divertido, mas não fiquei com aquela dor aguda nos olhos como costumo ficar — ela brincou.

— Uau, isso é ótimo! — eu disse.

Luke chegou com duas xícaras gigantes de café para nós. — Então, eu soube que vai haver uma festa no sábado — ele disse.

— Sim, mamãe é famosa por suas festas — eu disse a ele.

— A melhor delas foi no aniversário de oito anos — minha mãe disse, olhando para mim.

— Ah, sim, aquela foi boa — eu disse, acenando com a cabeça.

— A polícia acabou com a festa — ela contou ao Luke.

— A polícia acabou com uma festa de oito anos? —Luke perguntou.

— E prendeu o palhaço — ela acrescentou. Minha mãe e eu rimos.

— Não quero ouvir mais nada — Luke disse enquanto voltava para o balcão.

Minha mãe e eu tomamos um gole do nosso café.

— Então, por que está a Senhora Azeda hoje? — ela perguntou. Eu não podia dizer à minha mãe o quanto eu estava chateada sobre a minha sala inteira de Chilton ir à minha festa. Vovó e ela estavam mesmo se aproximando.

— Nada — eu disse. — Eu... eu estou bem. Só tirei um A menos no teste de francês que eu deveria ter tirado A — na verdade, não era uma mentira. A menos me faziam ficar rabugenta. Odeio A menos. São A's que zombam de você.

— Oh, querida, um A menos é ótimo — minha mãe disse de forma sincera.

— É... é bom — eu disse.

Minha mãe começou a verificar os vestidos de festa na sacola novamente. — Vamos ver. Talvez possamos envolver todo ele com tule. Super Cinderela moderna. O que acha? — ela perguntou. — É *seu* aniversário.

— É — eu disse com um sorriso falso. — Sorte a minha.

Tal Mãe, Tal Filha

Na sexta às 4:03 da manhã minha mãe veio até o meu quarto para me acordar. Ela beijou minhas bochechas e disse:

— Feliz aniversário, garotinha.

Eu resisti em acordar.

— Ei — eu disse enquanto minha mãe subia na cama ao meu lado. Coloquei meus braços em volta dos braços dela e aconcheguei-me perto dela. Temos feito isso todo ano no dia do meu aniversário por mais tempo do que eu conseguia me lembrar. Era uma das minhas tradições favoritas.

— Não acredito em como você está crescendo rápido — minha mãe disse docemente, olhando para mim.

— Jura? — eu disse meio grogue. — Parece *devagar*.

— Acredite, está rápido. O que tem achado da sua vida até agora? — ela perguntou.

— Acho bem legal — eu disse, minha voz abafada pelo travesseiro.

— Alguma reclamação? — minha mãe perguntou.

— Bem... eu gostaria que essa umidade toda fosse embora — eu disse.

— Certo, vou cuidar disso — ela disse.

— Então, pareço mais velha? — perguntei.

Minha mãe virou sua cabeça para dar uma boa olhada em mim.

— Oh, sim. Você vai ao Denny's antes das cinco? Consegue um desconto para idosos.

— Boa ideia — fechei meus olhos e encostei minha cabeça nos ombros dela.

— Então, sabe o que eu acho? — minha mãe disse. — Acho que você é ótima, uma criança divertida, e a melhor amiga que alguém poderia ter.

— Igualmente — sussurrei.

— E é tão difícil acreditar que exatamente a essa hora, há muitas luas, eu estava deitava na mesma posição...

Respirei fundo. — Oh, lá vamos nós.

— Eu só tinha uma barriga enorme e enormes tornozelos gordos — ela continuou —, e eu xingava como um marinheiro...

— De licença — eu lembrei a ela.

Gilmore girls

— De licença... isso! E lá estava eu...
— Em trabalho de parto — eu acrescentei.
— E embora algumas pessoas tenham chamado essa de "a experiência mais importante de suas vidas", para mim foi bem mais parecido com fazer um espacate em cima de uma caixa de dinamite.
"Eu me pergunto se os Waltons[12] alguma vez já fizeram isso" pensei.
Minha mãe continuou. — E eu gritava e xingava, e era cercada daquele jeito por um monte de médicos importantes, eu achei que havia uma utilidade real para o copo cheio de gelo que eles me deram.
— Não havia — eu disse, ajudando.
— Mas atirar os gelos nas enfermeiras foi divertido! — ela disse.
Apertei o braço dela e puxei-a para mais perto de mim. — Eu amo você, mãe.
— Shhh. Estou chegando na parte em que eles veem a sua cabeça — ela disse.
Acomodei-me para ouvir o resto da história.

— Você não devia ir à escola hoje — Lane declarou enquanto íamos ao Luke antes da escola.
— Eu devia, sim — eu disse. — Prova de latim.
— *Todos os dias* você tem uma prova — Lane comentou. — Quando tem tempo para estudar tudo o que cai nas provas? — ela questionou.
— Ei, mesa errada — Luke disse quando Lane e eu tentamos nos sentar no balcão.
— Desde quando há uma mesa certa? — perguntei.
— Desde que o bolo de café que eu fiz para você e as drogas de balões que eu enchi estão naquela mesa, logo ali — Luke apontou para a mesa de trás, onde cinco balões nas cores vermelha, branca e azul estavam amarrados no porta guardanapos.

---

12 *Os Waltons* foi um seriado americano de drama transmitido entre 1972 e 1981 que acompanhava a vida da família Walton no estado da Virgínia. (N. do R.)

Tal Mãe, Tal Filha

— Você encheu balões para mim? — eu disse. — Oh, Luke, você é um fofo.

— Se eu contar até três, eles somem — ele disse de maneira rude. Acho que essa coisa de balões estava arruinando a imagem dele.

— Obrigada! — Eu disse a ele. Então Lane e eu corremos para a mesa.

— Você está bem? — Lane perguntou enquanto eu me sentava em frente a ela.

— Sim, eu só... estou ficando velha, Lane — suspirei e peguei meu garfo.

— Você tem estado um pouco quieta nesta manhã — Lane disse.

Fincamos nossos garfos no bolo de café e começamos a comê-lo. Estava delicioso.

— Só estou completamente apavorada para esta noite — eu disse. — Quero dizer, já é horrível eu ter que ver aqueles alunos estúpidos de Chilton todos os dias. Mas hoje à noite? No meu aniversário? Quero dizer, eu nunca nem falei com a maioria deles. Deus, eles vão pensar que sou a maior excêntrica, que eu preciso da minha avó para que as pessoas possam ir à minha festa.

— Bem, o que a Lorelai disse quando você contou a ela? — Lane perguntou.

— Eu não contei.

— Por que não?

— Por causa do pudim — eu disse a ela.

Lane me olhou como se eu fosse louca.

— Ah, o pudim. Certo, eu esqueci sobre o pudim — ela disse.

— Minha avó serviu um pudim para nós outra noite, e então ela foi fazer compras com a minha mãe e elas não brigaram — eu expliquei. — Eu não sei. Quero dizer, elas nunca se deram bem, e agora, de repente elas estão se dando bem, e eu sabia que se eu contasse para a minha mãe sobre os convites, ela iria pirar e ligar para a vovó e iria ser o fim do pudim.

— Você sabe que pode *comprar* pudim — Lane disse depois de um minuto.

Balancei a cabeça. — É só uma noite, certo?

Gilmore girls

— Certo — Lane concordou.

— Eu posso aguentar isso por uma noite — tenho tentado dizer isso a mim mesma desde que os convites se espalharam em massa por Chilton. O que é mais uma noite de humilhação e esquisitices, de qualquer forma — no plano maior de tudo?

A porta da lanchonete abriu com um tilintar, e Dean entrou. Ele fechou a porta atrás de si e olhou ao redor. Parou por um segundo quando me viu, então foi até o balcão.

— Café para viagem, por favor — Dean disse ao Luke.

Enquanto Luke enchia um copo para ele, Dean virou e olhou por cima dos ombros para mim de novo. Olhei para cima e desviei o olhar. Ele se virou de novo e então um enorme sorriso rompeu em seu rosto.

— Aqui está — Luke disse, segurando o café dele.

Dean agradeceu e foi para a porta. Antes de sair, ele me olhou de novo. — Feliz aniversário — ele soltou, e sorriu outra vez.

Senti meu rosto ficar quente, então desviei o olhar e sorri. Eu tinha falado com o Dean no mercado há duas noites e disse a ele que meu aniversário estava chegando. Ele tinha que trabalhar no sábado à noite, e me disse que iria na minha casa depois que a festa tivesse acabado. Ainda estávamos sendo um pouco sigilosos.

— Por que está sorrindo? — Lane perguntou.

— Ah, apenas pensando no pudim — menti.

Não importa o que pudesse acontecer hoje à noite, não poderia ser um aniversário ruim agora. Apenas não poderia ser.

Olhei para o meu relógio: 19h58. Estávamos a uma hora da festa na casa do vovô e da vovó. Só uma hora, só falta uma hora. Até agora, eu tinha conseguido evitar o contingente de Chilton, mas sabia que tinha pouco tempo. A casa estava ótima, e havia uma equipe de empregados maior do que a minha classe de Chilton circulando com taças de drinques e aperitivos. Mas eu prefiro apenas os jantares rotineiros de sexta na casa dos meus avós. Em vez disso, a casa estava lotada com uma mescla bizarra de amigos dos meus avós e gente de Chilton.

Tal Mãe, Tal Filha

— Tim tim — minha mãe segurou uma taça e sentou perto de mim.

— O que é isso? — perguntei.

— Um Shirley Temple — ela disse.

— O que está bebendo? — Perguntei.

— Um Shirley Temple batizado.

Cheirei a bebida dela.

— Uau — eu disse.

— Estou com o seu pirulito favorito — minha mãe disse, tomando um gole. — Então, quer comer alguma coisa?

— Tudo cheira engraçado — eu disse, enquanto ajustava o calcanhar do meu sapato.

— Oh, aí está você! — vovó disse enquanto caminhava até nós. Ela parecia muito elegante usando um terno azul-acinzentado e um colar de pérolas no pescoço. — Venha, quero que conheça algumas pessoas — ela me pegou pelo braço e me fez levantar.

Vovó deve ter me apresentado para uns trinta amigos seus antes que eu pudesse escapar para procurar pelo vovô. Finalmente o encontrei ocupado, discutindo negócios com um monte de homens de seu escritório. Quando o vovô me apresentou, todos eles me entregaram envelopes, em uníssono, então saíram para ligar para alguém no escritório. Eu estava prestes a procurar minha mãe quando vovó me achou novamente.

— Rory, há um grupo de colegas da escola na biblioteca! — ela disse animada. — Vamos dizer "olá" para eles.

Um grupo de amigos de Chilton? Dificilmente. Vovó me conduziu até a biblioteca. Chegamos à porta e eu estava olhando para vinte jovens de Chilton, ninguém de quem eu soubesse o primeiro nome. Parecia um bom momento para entrar em parafuso.

— Preciso ir ao banheiro — eu disse à vovó, tentando sair dali.

— Apenas diga "oi" primeiro. Vamos, eu seguro isso para você.

Ela pegou os envelopes de aniversário e me deu um suave empurrão. Então ela zarpou, deixando-me parada no meio da sala.

— Quem é? — Um dos garotos parado próximo à lareira perguntou quando caminhei um pouco mais para dentro da biblioteca.

— Acho que é a aniversariante — o garoto próximo dele disse.

— Ah.

Gilmore girls

Então os dois ficaram lá olhando para mim, sem dizer nada. Nunca me senti tão envergonhada na minha vida! Virei-me e andei rápido para fora da sala, tentando escapar. Foi quando vi aquela pequena garota com cabelos loiros compridos, usando uma roupa bem cara. Não podia ser.

— Paris? — eu disse. Ela se virou.

— Meus pais me obrigaram a vir — ela disse.

— Oh, Deus — murmurei.

— Do contrário, eu não estaria aqui. Você acredita em mim, não acredita? — ela gritou enquanto eu saía.

Aquilo era inacreditável. Eu tinha que sair dali. Alcancei a porta da frente — eu podia ao menos sair por alguns minutos para tomar um pouco de ar fresco.

Mas assim que eu me aproximei da porta da frente, Tristin entrou, vestido de terno e gravata. Ele tinha as mãos nos bolsos e parecia completamente à vontade e em casa.

— Oh, veio me receber? — ele perguntou, arrogante como de costume.

— Olá, Tristin — eu disse.

— Então, onde está o meu beijo de aniversário? — ele perguntou.

— O aniversário é *meu* — eu disse.

— Então, *eu* te dou um beijo de aniversário — Tristin ofereceu, enquanto se aproximava.

— O que há de *errado* com você? — perguntei a ele.

— Ok, vou dizer uma coisa. Estou apaixonado por você — ele disse.

— Bem, boa sorte com isso — eu disse.

— Não posso comer, nem dormir… eu acordo no meio da noite chamando o seu nome. Rory, Rory!

— Pode calar a boca, por favor? — eu disse.

— Rory, quem é seu amigo? — vovô perguntou, entrando no saguão naquele momento.

— Não sei, mas este é Tristin — eu disse, desesperada para escapar.

— Desculpe? — vovô disse.

— Tristin Dugray, senhor.

— Dugray — vovô estendeu a mão para agitar o cabelo de Tristin.
— Você tem algum parentesco com Janlen Dugray?

Tal Mãe, Tal Filha

— É meu avô, senhor — Tristin disse. De repente ele é legal e educado? Ele foi tão falso que me deixou enjoada.

— Bem, tenho feito negócios com Janlen por *anos*, vovô disse. — É um bom homem.

— Ele é — Tristin concordou.

— Bem, Rory, você tem um ótimo gosto para amigos. Eu aprovo — vovô disse. Logo um amigo dele veio para levá-lo, então Tristin e eu ficamos sozinhos de novo.

— Ele gosta de mim — Tristin disse de forma arrogante.

— Ele está *bêbado* — eu disse.

— Vamos — Tristin pegou minha mão. — Vamos dar uma volta.

Eu puxei minha mão de volta.

— Isso é *ridículo*. Você nem mesmo gosta de mim! Você só tem essa necessidade estranha de tentar provar que eu vou sair com você. Isso não é gostar de alguém.

— Por que está resistindo? — Tristin perguntou. — Você vai acabar cedendo em algum momento.

— Eu vou procurar a minha mãe — eu disse. E comecei a voltar para a sala de estar.

— Uau, conhecer a sua mãe — Tristin esfregou as mãos uma na outra. — É um pouco cedo, mas tudo bem... estou pronto! — Ele gritou atrás de mim.

Não consegui me afastar dele rápido o suficiente. Eu não podia sair daquela *festa* rápido o suficiente.

— Oh, aí está você! — vovó me alcançou e me puxou, assim que passei por ela. — Acho que é hora de você dizer algumas palavrinhas para os seus convidados.

— O quê? — olhei para ela com olhos suplicantes.

— Apenas um pequeno discurso para dizer obrigada a todos e como é ficar um ano mais velha — vovó continuou, completamente desatenta a quão desconfortável eu estava.

Ela balançou a cabeça e tentou intervir. — Mãe, eu não acho que ela queira...

— Ela é a anfitriã, Lorelai — vovó disse. — É responsabilidade dela.

O quê? — Eu não sou a anfitriã! — eu ataquei. — *Você* é!

Gilmore girls

— Ei, querida, vá com calma — minha mãe disse, parecendo preocupada.

Eu estava tão zangada que meus olhos se encheram de lágrimas enquanto eu olhava para a vovó.

— Essa é a *sua* festa, e estes são os seus convidados, e eu não tenho nada a dizer para eles, então faça *você* o seu discurso.

— Rory! — vovó disse, completamente chocada com a minha explosão.

— Com licença — eu disse. Então, subi as escadas correndo até o quarto antigo da minha mãe, e bati a porta atrás de mim.

7

— Oi, posso entrar? — minha mãe espreitou com a cabeça na porta alguns minutos depois. Eu estava deitada na cama, contemplando o teto e pensando sobre que neta horrível eu era. Eu fui ingrata. Muito possivelmente rude. Insatisfeita também.

Eu me senti tão encurralada lá embaixo. Vovó não entendeu que o que era natural para ela era impossível para mim.

— É o seu quarto — eu disse enquanto ela entrava.

— Como você está? — ela disse, sentando na cama.

— Sinto muito por ter brigado com a vovó — eu disse enquanto me sentava.

— É — ela se sentou na beira da cama.

— Tivemos um momento realmente bizarro lá embaixo.

— Ela convidou todos aqueles alunos de Chilton — eu disse a ela.

— Está brincando! Achei que ela tivesse consultado você — minha mãe acariciou os meus joelhos para me confortar.

— Ela não me perguntou nada nem me contou — eu disse.

— Oh, querida, eu sinto muito — ela disse.

— Eu só… eu não sei, mas aquilo me deixou realmente irritada.

— Querida, por que não me contou? — minha mãe perguntou.

— Porque você estava feliz — expliquei. — Quero dizer, não é sempre que há paz entre vocês duas. Eu não queria estragar tudo.

— Rory, eu agradeço que você queira que eu e a vovó nos entendamos, mas você não deveria esconder as coisas de mim — ela disse. — Ouça, você vai se desculpar, e tudo será esquecido. Você vai ver — ela se levantou e começou a vagar pelo quarto, olhando os pôsteres, as corti-

Gilmore girls

nas, a cômoda, tudo o que não tinha sido tocado desde que ela se mudou. — É como se o tempo tivesse parado neste quarto.

— Deve ser estranho para você estar neste quarto agora — eu disse.

— Sim, era estranho para mim estar neste quarto *naquela época*.

Eu acenei com a cabeça. — Agora eu sei oficialmente como é crescer aqui.

— Não é oficial até você se encolher num canto comendo o próprio cabelo — ela disse.

— Você se lembra do seu último aniversário aqui? — perguntei.

— Sim, tivemos uma briga. Eu estava deitada na cama, exatamente como você está agora.

— Por que vocês brigaram? — perguntei. — A vovó envergonhou você também?

— Oh — minha mãe se sentou na cama, então se encostou na cabeceira. Eu me inclinei ao lado dela, sobre a pilha de travesseiros. — Bem, eu estava grávida — ela disse.

— Ah, isso.

— Eu disse qualquer coisa sobre o patê cheirar a água sanitária, uma coisa levou a outra e eu acabei aqui. Eu ainda não tinha contado a ninguém sobre mim. E você. — Ela se virou para mim e sorriu.

— Deve ter sido muito difícil para você — eu disse. Ela acenou com a cabeça.

— Sim, eu me lembro que quando eu contei a eles, foi a única vez que eles pareceram pequenos de verdade diante de mim.

Eu realmente não podia imaginar o quão difícil tinha sido dizer a eles, especialmente agora que conheço os meus avós um pouco melhor.

— Acho melhor eu procurar a vovó — eu disse.

— Humm, dê a ela um minuto…

Vovó apareceu na porta.

— *Aí* estão vocês!

— Ela nos achou! — minha mãe disse, completando seu pensamento.

— Vocês duas estão sendo muito grosseiras — vovó disse enquanto entrava no quarto. Ela não parecia feliz. — Não é a minha festa de aniversário, vocês sabem.

Ela se levantou da cama.

— Desculpe, mamãe.
— Honestamente, a maneira como vocês duas agem — vovó disse.
— Vovó, eu só queria… — comecei a dizer.
— Falaremos sobre isso depois — ela disse de modo brusco, interrompendo. — Agora, vão.

Minha mãe e eu saltamos da cama e caminhamos atrás dela. Parecia que éramos duas garotas que tinham se metido em problemas juntas. Eu odiava ter deixado a minha avó chateada, ou a envergonhado. Mas ela me levou mesmo a isso.

Eu não queria voltar lá para baixo, mas eu sabia que não tinha escolha. Pelo menos minha mãe estava comigo.

Quando tentamos nos despedir dela no final da noite, vovó ainda estava fria comigo — com nós duas.

— Ei, mãe, ótima festa — minha mãe disse. — Uma de suas melhores. Eu até gostei daquelas coisas com cogumelos.

Minha avó nem mesmo fingiu um sorriso.

— Vovó, posso falar com você um segundo? — eu perguntei, timidamente.

Ela não fez contato visual comigo. — Richard, as meninas estão indo! — ela gritou para o meu avô. Então ela passou por mim sem nem mesmo tomar conhecimento da minha pergunta.

— Bem, Rory, espero que tenha se divertido — meu avô disse enquanto se aproximava de nós.

— Sim, eu me diverti — eu disse.

— Agora, tenho certeza de que sua avó lhe comprou um presente e assinou meu nome nele. Foi parte do nosso acordo quando nos casamos. No entanto, sinto que esta ocasião pede um extra. Ele me estendeu um envelope branco. — Para a sua viagem à Fez.

— Oh, vovô! — eu disse.

— Você é uma boa menina, Rory. Feliz aniversário — ele disse afetuosamente.

— Eu não mereço — eu disse olhando para o envelope que ele tinha me dado.

— Ótimo. Passe adiante — minha mãe me disse.

Vovó parou na nossa frente enquanto carregava alguns copos sujos até a cozinha.

— É melhor vocês irem. Têm um longo caminho — mas eu não queria ir naquele momento, porque eu não queria que a noite terminasse daquele jeito — não importa o quão ruim a festa tivesse sido, minha avó tinha feito aquilo tudo por mim.

— Vovó, vamos fazer uma festa amanhã em nossa casa — eu disse —, quero dizer, não vai ser nada como isso, mas vai ser divertido, por que você e vovô não vão? — perguntei a ela.

— Bem, é muito gentil, querida, mas receio que já tenhamos planos — ela disse. Seu tom deixava claro que ela não estava interessada. Ela ainda estava muito irritada comigo.

— Ah — ela nunca tinha falado comigo daquela maneira. Senti como se eu fosse chorar. — Ah... tá bom — balbuciei.

— Façam uma viagem segura — ela disse, como se fôssemos completas estranhas.

Eu me senti tão horrível sobre tudo. Era difícil acreditar que era assim que eu tinha celebrado o meu aniversário. Minha avó me odiava agora.

Eu tinha que me redimir com ela. Eu queria desesperadamente. Mas como, se ela nem mesmo falava comigo?

Então, na manhã seguinte, levantei cedo e dirigi até Chilton para participar da feira universitária. Sookie e minha mãe já estavam deixando tudo pronto para a festa de aniversário naquela noite. Enquanto eu dirigia até Chilton, tentei não pensar sobre o quão desastrosa a festa na noite anterior tinha sido — e também o quanto eu tinha desapontado a minha avó. Eu esperava não encontrar ninguém que tivesse ido à minha festa. E se eu encontrasse? Esperava que não falassem nela.

Tal Mãe, Tal Filha

Estacionei o Jeep e caminhei pela fileira de mesas e cabines com representantes de diversos colégios e universidades. Meu coração pulou quando vi a mesa de Harvard diante de mim.

— Folheto novo? — perguntei à representante de Harvard. Não reconheci a fotografia na capa dele.

— Sim — ela me estendeu um catálogo, e um sorriso. Eu estava mergulhada naquilo quando Paris parou na minha frente.

— O que está fazendo aqui? — ela exigiu saber.

— Há uma feira universitária acontecendo — eu disse.

— Não, eu quis dizer o que faz *aqui* — Paris apontou para a mesa de Harvard.

— Vim pegar um novo folheto — eu disse.

— Por quê? — ela continuou olhando para mim.

— Porque não estão vendendo pizza — eu disse. Então me dei conta. Ela, eu, Harvard. — Ah, não — resmunguei.

— Você não pode — ela disse.

Paris era uma das mais inteligentes da nossa classe, se não a mais inteligente. Ela sabia a resposta para tudo. Quando a conheci, a primeira coisa que ela me disse era que ela seria a editora do jornal da escola e também oradora da turma quando nos formássemos. Ela até disse que eu nunca iria alcançá-la e nunca seria capaz de vencê-la.

— Está se inscrevendo para Harvard? — perguntei. Eu não queria vê-la em outro campus enquanto eu vivesse. Ela tinha jurado fazer da minha vida um inferno. E até agora tinha sido bem-sucedida.

— Sim — ela disse.

— Não! — isso não podia estar acontecendo.

— Dez gerações dos Gellers foram para Harvard — ela explicou. — Eu *tenho* que ir para Harvard.

— Não posso acreditar nisso — eu disse.

— Você pode ir para outro lugar — Paris disse como se fosse a minha consultora. — Vá para Brandeis. Brandeis é legal.

Ela não entendia. Eu sempre quis ir para Harvard. Para nenhum outro lugar. Nós duas ficamos ali olhando uma para a outra por alguns segundos. Era um duelo. Ninguém iria desistir. Há alguns séculos, se

Gilmore girls

fôssemos homens, homens ricos, teríamos nos desafiado a um duelo e nos preparado para afastar dez passos.

— É uma escola grande — eu disse, finalmente.

Paris encolheu os ombros. — É o que eu espero.

— Provavelmente nunca vamos nos ver.

— Você acha? — Paris parecia tão esperançosa quanto eu sobre isso.

— E se nos virmos, nos escondemos.

— Tudo bem! — Paris concordou. — Então...

Então, acabou o assunto.

Paris passou por mim, e então parou. — Ei, está saindo com o Tristin? — ela perguntou.

— O quê? Não, sem chance — eu disse.

Deu outro passo e mudou de pé. — E você gosta dele? — Ela perguntou.

— Nem um pouquinho — eu disse.

— Sério?

— Sério.

Ela pareceu satisfeita com a minha resposta.

— Tudo bem — ela disse, virando-se para ir embora de novo. Então ela parou. — Ei, festa legal — ela estava me agradecendo honestamente, ou tirando sarro de mim? Era difícil dizer.

Decidi aceitar o cumprimento de forma gentil, apenas para conseguir algum carma de boas maneiras para compensar a noite com a minha avó. — Obrigada — eu disse.

Eu estava cortando o meu bolo naquela noite quando a campainha tocou. Sookie tinha decorado ele para se parecer comigo... foi tão legal. Depois de todos cantarem "Parabéns pra você", e minha mãe fazer um brinde para mim, Sookie me deu uma faca.

— Há algo de muito estranho em cortar o meu próprio rosto — eu disse enquanto cortava uma fatia de uma orelha. Eu estava usando um cachecol de pluma ao redor do pescoço e uma tiara com "Feliz Aniversá-

Tal Mãe, Tal Filha

rio" na minha cabeça. A casa estava superlotada — praticamente todos em Stars Hollow — *exceto* Dean — estavam lá.

A campainha tocou pela segunda e terceira vez.

— Meu Deus, quem está tocando a campainha? — minha mãe gritou.

— É uma festa! Entra logo!

Olhei para cima e vi meus avós entrando e parando sobre a entrada com arco na sala de estar.

— Oh, podem entrar — minha mãe murmurou.

Larguei a faca e corri até eles. — Vovô, vovó! Não acredito que estejam aqui! — abracei os dois. Aquilo era tão legal. — Estou tão feliz por virem! Ei, sem gravata? — perguntei ao meu avô.

— Achei que hoje era mais informal — ele sorriu.

— Vovó, veja — segurei meu pulso para que ela pudesse ver a pulseira que ela tinha me dado no meu aniversário. Amei a pulseira porque era dela e ela a tinha escolhido. E como um bônus, ela também acende quando você aperta um botão.

— Ora, ficou ótimo! — ela disse.

— Quero que conheçam todos. Pessoal, estes são os meus avós — eu disse à multidão.

Isso era inacreditável, eu pensei enquanto eles começaram a se misturar um pouco. Vovó e vovô nunca tinham estado em nossa casa antes. Eu estava tão feliz por eles terem aceitado o meu convite. Eu sabia que minha mãe tinha tido uma conversa com a vovó depois da festa, mas não sabia o que ela tinha dito. O que quer que fosse, tinha funcionado.

Depois daquilo, a festa correu bem rápido. Tivemos aquele momento quando todos se sentaram em roda e contaram histórias embaraçosas sobre mim e a minha infância, comeram muito bolo, e a senhorita Patty deu em cima do meu avô. Em resumo, outra festa bem-sucedida.

Enquanto todos saíam pela porta dizendo "boa noite", minha mãe e Sookie começaram o ritual de limpeza pós-festa. Dei uma olhada no relógio — era hora de encontrar o Dean. Peguei minha jaqueta de veludo marrom e corri para fora. Ele estava escondido, meio que na parte de trás da casa, perto da cozinha.

— Ei — ele disse. —Feliz aniversário — ele sorriu enquanto eu me aproximava dele.

Gilmore girls

— Ei — eu disse. Ele mostrou uma pequena caixa. Estava enrolada em papel jornal, com uma fita amarrada.

— Aqui está — ele disse.

Fiquei realmente surpresa — eu não esperava um presente dele. — Você não tem que me dar nada — eu disse.

— Desculpe, são as regras. Você fica mais velha e ganha um presente.

— Desculpe por essa coisa meio escondida. É que eu ainda não contei à minha mãe sobre você. Quer dizer, não que haja algo para contar. Eu só... — Estava balbuciando e não conseguia parar.

— Tudo bem — Dean me interrompeu. — Assim é melhor.

Ele estava certo. Era melhor ficar ali sob o luar, só nós dois. Eu desembrulhei o presente e levantei a tampa da caixa. Dentro tinha um medalhão de prata com uma estampa celta gravada.

— Oh, meu Deus — levantei os olhos para ele e sorri. — É lindo — Eu peguei o medalhão, que estava amarrado com uma tira de couro.

— Bem, eu comprei o medalhão, cortei umas tiras de couro, fiz um buraco — Dean explicou, parecendo nervoso. — E... bem... você gostou?

Se eu gostei? Palavras não poderiam descrever.

— Eu... eu... é incrível! — eu gaguejei.

Ele sorriu. — Que bom.

— Obrigada — eu disse.

— Aqui — Dean pegou a pulseira e enrolou as tiras de couro em volta do meu pulso esquerdo. Ele não podia parar de sorrir, nem eu.

Quando ele terminou de colocar a pulseira, ele entrelaçou os dedos dele nos meus e nós ficamos lá de mãos dadas por alguns minutos, até eu me dar conta de que eu tinha que entrar logo, antes que minha mãe inaugurasse uma festa/caça de aniversário. Mas eu não queria que a noite acabasse. Eu não queria dizer "boa noite" ao Dean. Alguma coisa estava acontecendo, acontecendo de verdade, entre nós.

8

Cerca de uma semana após o meu aniversário, eu estava indo para casa do ponto de ônibus depois da escola. Como sempre, passei pelo mercado do Taylor. Num impulso, decidi entrar. Fiquei de cabeça baixa por um ou dois corredores até avistar o Dean trabalhando em um elaborado display de latas com o Taylor Doose. Taylor é obcecado por decorações. Ele vive pelos feriados, novas estações, arruma qualquer desculpa para usar papel de decoração. Digamos que ele poderia facilmente estar na indústria de cartões comemorativos e tirar Hallmark da jogada.

— Eu não sei — Taylor estava dizendo enquanto se aproximava. Ele examinou a estrutura de latas. — Não parece com um jardim.

Era um monte de latas de molho de cranberry em forma triangular com uma placa que dizia "Festival de Outono", e "Cranberries a partir de $1.29" pendurada em cima.

Caminhei atrás do display e meio que dei a volta em alguns corredores, fingindo que iria comprar. Dean estava usando seu avental verde da loja e estava realmente fofo.

— Bem, podemos colocar uma placa ou algo assim — Dean sugeriu.

— Eu não sei. Não sei — Taylor estava claramente perturbado porque a forma das latas não estava dando certo.

— Então, quer voltar do jeito que estava? — Dean perguntou.

Taylor arrumou uma última lata. "Podemos lidar com isso por um dia", ele disse.

— Certo… ah, claro — Dean disse. Pelo canto do meu olho, vi que ele estava vindo na minha direção e fiquei lá lendo a lateral de uma caixa de amido de milho.

Gilmore girls

Dean parou no final de um dos corredores. — Você pode levar duas por três dólares.

— Ah, é mesmo? — perguntei, olhando para ele. — Grande negócio.

— Você tem uma necessidade desesperada de amido de milho? — ele perguntou.

— Sim. É muito bom para engrossar coisas, obrigada. Belo avental — eu disse.

— Belo uniforme — ele disse.

— É, bem, sabe, eu costurei os botões com linha prateada, para me destacar dos outros — eu disse, referindo-me ao meu casaco preto. Todo mundo em Chilton tem que usar o mesmo casaco. Por alguma razão, a minha linha prateada apenas matou a conversa. Estávamos totalmente sem assunto. Sentindo-me estranha, eu disse: — Bem, tenho que ir para casa.

— Espere um segundo — Dean disse. — Você não quer tomar um refri? — ele gesticulou em direção à parte de trás da loja, onde estavam os refrigeradores.

— Um "refri"? — eu disse.

— Ah, dá um tempo — Dean disse. — Em Chicago, chamam de "refri".

— Bem, em Connecticut chamam de refrigerante. E, sim, obrigada.

Eu o segui até o refrigerador com uma tampa corrediça. Ele tirou duas latinhas e as segurou atrás das costas.

— Certo. Adivinhe o que eu tenho em cada mão e você ganha o refrigerante.

— Certo, mas todo o conceito de refri grátis é que ele é grátis. Não preciso fazer nada para ganhar — eu disse.

Ele encolheu os ombros. — Desculpe. Quem não chora não mama.

— Ou não bebe refri — parei em frente a ele.

— Adivinhe — ele disse com uma voz suave.

— Certo — pensei por um segundo. — Nesta mão — eu disse, inclinando-me para tocar no braço dele — você tem...

Antes que eu pudesse dizer qualquer coisa, ele se inclinou para baixo e me beijou. Na boca. O cabelo dele caiu para a frente e encostou na mi-

Tal Mãe, Tal Filha

nha bochecha, e segurei minha respiração o tempo todo. Era a primeira vez que eu tinha sido beijada daquela maneira.

E de repente acabou.

Pisquei algumas vezes e olhei para ele, e ele estava olhando bem nos meus olhos com uma expressão feliz. Fiquei atordoada.

— Obrigada — deixei escapar.

Obrigada? Aquilo tinha acabado de sair da minha boca? Fiquei completamente apavorada e saí correndo para fora do mercado. Eu não sabia onde estava indo, mas não podia ficar por perto do mercado do Taylor depois daquilo.

Carros buzinaram para mim enquanto eu cruzei a rua, pulei por cima de abóboras na praça da cidade, e continuei correndo. Abri a cerca da casa da Lane e entrei pela porta da frente. — Lane! Lane! — chamei.

Ela apareceu usando um avental e carregando um pano de prato. — O que foi? — ela perguntou.

— Eu... eu fui beijada — contei a ela. Então percebi que a caixa de amido de milho ainda estava na minha mão. Eu a furtei!

— É sério? — ela parecia ainda mais animada que eu. — Quem beijou você?

— Dean — eu disse.

— O garoto novo? — ela estava incrédula.

— É.

— Ficou com o garoto novo? Oh, meu Deus! — Lane disse.

— Aconteceu muito rápido — eu disse a ela, sem fôlego. — Eu estava lá e...

— Onde? — ela perguntou.

— No mercado.

— Ele beijou você no mercado? — Ela estava ainda mais impressionada com a notícia.

— No corredor 3 — eu disse.

— Perto do formicida? — ela perguntou.

— É — eu disse. Como ela sabia?

— Oh, é um bom corredor — Lane disse.

Eu ri. — O que define um bom corredor?

Gilmore girls

— Um corredor onde você é beijada por um garoto novo é um bom corredor — ela disse.

Eu amo a habilidade da Lane em resumir tudo em palavras simples e organizadas. Ela é tão direta.

De repente, tive uma imagem muito clara do Dean me beijando e de meus joelhos cambaleando. — Oh, meu Deus, não consigo nem respirar — eu disse.

— Sente-se — Lane pegou um banquinho de madeira para mim.

— Não posso me sentar, estou muito... Ah, meu Deus, ele me beijou! — eu disse.

A Sra. Kim magicamente se materializou atrás dos meus ombros.

— Quem beijou você? — ela perguntou.

— Foi Deus, mamãe — Lane disse.

— Ah, sei — a Sra. Kim saiu e nos deixou a sós novamente.

— Então, me conta tudo! Detalhe por detalhe! — Lane disse, me puxando para perto dela.

— Então, eu estava no mercado e ele me ofereceu um refrigerante, depois colocou dois atrás dele e me mandou escolher um, e então me beijou! — Eu expliquei.

— Estou com inveja! — Lane disse. — É isso. Preciso de amigas feias e burras.

— Tenho que contar para a minha mãe — me dei conta. Eu tinha que contar a ela imediatamente. Passei pelo labirinto de móveis até a porta.

— Certo. Me liga mais tarde! — Lane disse.

— Certo — então aquilo me pegou. O que eu estava fazendo? O que estava pensando? Eu estava correndo para casa para contar à minha mãe, que não sabia nada do Dean além do fato de que tivemos a maior briga de nossas vidas por causa daquele garoto há pouco tempo?

Parei e encarei a Lane. Eu estava morrendo de vontade de contar à minha mãe sobre o beijo, mas e se eu começasse uma nova briga?

— O que foi? — Lane perguntou.

— Não posso.

— Não pode ir? — Lane olhou para mim como se eu estivesse louca. — É a noite do "Cante o seu hino favorito" na casa dos Kim. Corra! — ela disse.

Tal Mãe, Tal Filha

— Minha mãe não sabe do Dean — eu disse.
— E daí? Conte a ela.
Lane fez parecer tão fácil. — Da última vez que falamos de meninos a coisa ficou feia — eu lembrei.
— Bem, foi diferente — Lane disse. — Ela pensou que você fosse desistir de Chilton por um garoto.
— Sim, pelo *Dean*.
— Tá, certo. Mas ela não precisa saber que foi por causa dele — Lane argumentou.
Balancei minha cabeça. — Ela vai saber.
— Como?
— Ela vai saber. É a Lorelay. O que eu faço?
— Bem, talvez ela esteja mais aberta ao conceito agora que você está na escola e tudo vai bem — Lane disse.
— Talvez — eu disse.
— Tente — Lane me incentivou.
— Tudo bem. Tenho que ir — virei para a porta novamente.
— Ei! — Lane gritou.
— O quê?
— Foi legal? — ela perguntou.
Eu sorri. — Foi perfeito — pelo menos parecia perfeito para mim. Eu não tinha nada para comparar, mas eu sentia que era o certo. Exceto pela parte em que eu falei "obrigada".

Minha mãe estava imitando a geladeira quando entrei em casa, quinze minutos depois. Ela estava deitada com as costas no chão, com parte da cabeça no refrigerador, fazendo aqueles sons agudos no telefone.

Parei e fiquei lá, pronta para contar a ela sobre o beijo, e Dean, e como o beijo e o Dean funcionaram muito, muito bem juntos.

— Sim, começou na semana passada — ela explicou à loja de conserto de geladeiras. — Mas agora está mais alto e o tempo todo, acho que está ganhando confiança. Olha, eu já contei isso para três pessoas, então

Gilmore girls

há alguém que possa realmente me dizer o que há de errado com a minha geladeira? Não, eu não vou fazer o barulho de novo. Eu não... — E então ela começou a fazer o barulho de "iiihhhhh" novamente. Comecei a perder a confiança. E se começássemos a brigar de novo?

Tirei minha mochila e fui para o meu quarto. Apoiei a mochila e tirei a caixa de amido de milho, deixando-a na cômoda. Parecia perfeita ali, embora tenha sido roubada.

Voltei para a cozinha com a minha lição de casa e sentei na mesa. Olhei para a minha mãe e sorri. Eu queria contar a ela o que tinha acontecido com o Dean. Eu realmente queria. Mas ela ainda estava brigando com a loja de consertos.

— É o seguinte. Você manda alguém aqui amanhã entre oito e nove horas porque eu trabalho e não posso esperar quatro horas por um de seus rapazes — ela esperou alguns segundos, então disse: — Ótimo. Tchau. — E desligou o telefone.

— Então, eles vêm amanhã? — eu disse, com esperança.

— Não, segunda entre três e oito. Eu sou completamente inútil.

— Sinto muito — eu disse.

— Oh, meu Deus, olhe para esse lugar! Está um chiqueiro! — ela reclamou enquanto levantava. — Eu sou ranzinza. Ranzinza e inútil. Droga de geladeira! — Ela chutou a geladeira. — Pessoal estúpido do reparo de geladeira. Eu odeio a minha vida — ela esbravejou saindo da cozinha.

Um segundo depois, ela voltou.

— Como foi seu dia? — ela disse.

Um breve pensamento sobre contar a ela e decidi que não era o momento.

— Ah, foi bem. Obrigada.

— Bom — ela respondeu, então desapareceu.

É horrível quando a pessoa de quem você é mais próxima diz que odeia a vida dela em um dos melhores dias da sua vida.

∞ 9 ∞

— Certo, só mais uma vez — Lane me implorou.

— Estou contando essa história por uma hora! — protestei. — Não mudou nada!

Lane e eu sentadas na praça da cidade, no Festival de Outono, vestidas como puritanas. Estávamos usando roupas escuras com xales brancos ao redor do pescoço e chapéus brancos. Pelos últimos dois anos, temos nos voluntariado para cuidar da mesa de Cornucópia. As pessoas doam latas de comida para alimentar os famintos durante o inverno, e há um gigantesco Chifre da Abundância que fica totalmente cheio de latas todo ano.

— Não consigo evitar — Lane disse. — Estou obcecada. Estou vivendo toda a situação indiretamente através de você.

— Por quê? Você foi beijada na semana passada — lembrei a ela. — Lembra? Aquele garoto que seus pais arranjaram. Aquele do Lincoln Continental. Qual era o nome dele? Patrick Cho.

— Certo, vamos fazer uma leve comparação e ver os contrastes. Você foi beijada na boca por um fofo, legal e sexy e de quem você realmente gosta! — Lane disse com um tom de voz agudo. Então o tom mudou. — Eu fui beijada na testa por um aluno de teologia com uma jaqueta esquisita que acredita que o rock leva a drogas pesadas — ela disse.

— É justo. Você pode viver através de mim — eu disse a ela. — Só se lembre de que eu não tenho a mínima ideia do que eu vou fazer.

— Estou ciente disso. É por isso que estou diligentemente reunindo informações para nós duas — ela girou uma caneta entre seus dedos.

— Que tipo de informação? — perguntei.

Gilmore girls

— Bem, vamos ver. Dean é de Chicago. Como você sabe — ela disse.

— Eu sei.

— Ele gosta de Nick Drake, Liz Phair e Sugarplastic e é mortalmente alérgico a nozes — ela continuou.

— Nozes são ruins. Entendido — eu estava feliz por Dean gostar do mesmo tipo de música que eu.

— Agora, ele tinha uma namorada em Chicago — Lane disse.

Por alguma razão aquilo me surpreendeu. — Uma namorada? — perguntei. Não poderia haver mais alergias e menos namoradas em Chicago?

— O nome dela é Beth e eles saíram por mais ou menos um ano, mas terminaram amigavelmente antes de ele vir, e agora ela está saindo com o primo dele, o que ele não acha estranho porque não se amavam realmente.

Outra coisa ótima sobre a Lane? Ela fala rápido e acaba com as notícias ruins com igual rapidez.

— Beth? — perguntei.

— Eu não me preocuparia com isso — Lane disse, balançando sua cabeça.

— Como conseguiu essas informações?

— Pelo melhor amigo dele, que, falando nisso, é bem legal. Então, quando você se resolver com o Dean, acha que pode perguntar por Todd?

— Oh, claro — mas eu não conseguia deixar de pensar na ex. — Beth, né? — perguntei. — Eu *odeio* o nome Beth, é tão... *Beth* — imagens de uma bela garota encheram a minha mente. Ela estava sorrindo e segurando a mão do Dean, e eles estavam se beijando.

— Todd *também* disse que Dean não sabe falar em outra coisa que não seja você nas últimas semanas — Lane disse com um gritinho.

Beth, quem? Sorri e beijei Lane na testa. Eu estava tão feliz.

Lane se afastou.

— Pare! Você está fazendo eu me lembrar de Patrick Cho!

Começamos a rir tanto que Taylor Doose veio e disse que não estávamos projetando a imagem certa da Cornucópia para Stars Hollow. Tentamos dizer a ele que éramos apenas puritanas muito felizes, mas ele disse que isso era historicamente incorreto.

Então me dei conta de que eu estava totalmente atrasada para encontrar minha mãe, e corri até o Luke.

— Desculpe, desculpe, desculpe — eu disse enquanto agarrava a cadeira em frente à da minha mãe.

— Ei, guarde suas desculpas para os índios, mocinha — ela brincou.

— As pessoas estão muito caridosas hoje — eu disse. — A Cornucópia está cheia.

— Isso é ótimo! — ela sorriu. — Ei, quer café? — ela perguntou.

— Oh, não, vou só tomar um gole do seu — eu disse. — Tenho que voltar logo.

— Oh, mesmo? — ela pareceu desapontada. — Achei que iríamos almoçar hoje.

— Não posso. Está faltando um puritano — expliquei. — Desculpe. Só tenho dois minutos.

— Você anda muito ocupada ultimamente — ela comentou. — Quero dizer, não temos conversado há alguns dias.

— Quer conversar sobre o quê? — perguntei. Tomei outro gole de café.

— Sei lá. Qualquer coisa — ela disse.

— Tá bom. Bem, você leu o artigo do jornal sobre o derretimento das calotas polares? — perguntei.

Mas ela não estava interessada. Mesmo. — Sim, sim, grande coisa — ela disse.

— Legal. *Você* escolhe o assunto — eu disse.

— Legal! Eu estava assistindo ao *Hospital Geral* outro dia. E você sabe que eles têm um Lucky novo porque o Lucky velho foi para um lugar onde ele podia ter um nome de verdade — minha mãe disse. — Então, o Lucky velho tinha uma namorada, a Liz, que pensou que ele tinha morrido em um incêndio, então quando trouxeram o Lucky novo, todos ficaram tipo, okay, eu sei que não é o Lucky velho e o novo Lucky tem mais gel no cabelo, mas Liz estava tão chateada com a suposta morte dele, que todos ficaram loucos para ver o beijo deles.

Ela parou para respirar. Hã? — Como tem tempo para ver *Hospital Geral*? — perguntei.

— Okay, vamos direto ao ponto — ela disse. — O que você acha dessa história de Liz-Lucky e o beijo deles?

— Acho que são atores sendo pagos para fazerem um papel, então é bom que eles cumpram as obrigações — eu disse.

— Humm — ela disse, como se estivesse refletindo sobre aquilo.

— Rory...

— Olha, podemos terminar essa conversa tão importante mais tarde? — perguntei. — prometi a Lane que voltaria logo.

Minha mãe acenou com a cabeça. — Okay, vejo você mais tarde.

— Okay, tchau! — eu disse, enquanto me levantava para sair e voltar para a Cornucópia.

Minha mãe estava sentada no sofá, com os pés para cima, lendo, quando fui para casa naquela noite.

— Ei, desculpe, estou atrasada — eu disse, enquanto tirava a minha jaqueta. Lane e eu fomos até a casa dela depois que as obrigações de puritanas tinham terminado. Os pais dela tinham saído para escolher antiguidades de uma propriedade à venda em Stonington, então, era uma das poucas oportunidades de Lane tocar seus CDs em um volume realmente alto no quarto, e ela tinha muitos CDs novos que ela gostaria que eu ouvisse.

— Ah, não foi nada! — minha mãe falou. Ela parecia mais feliz do que estava mais cedo no Luke. — Tem comida chinesa na geladeira! — ela gritou.

— Certo! — Fui para a cozinha e abri a geladeira. Estava olhando para as caixas brancas com sobras, tentando descobrir qual eu queria, quando minha mãe veio atrás de mim e enfiou a cabeça dela na geladeira, ao lado da minha.

Tal Mãe, Tal Filha

— Então. Tem beijado algum menino ultimamente? — Ela perguntou.

Eu praticamente desabei. Ela sabia? — Quem... — perguntei.

— A Sra. Kim — ela respondeu.

— Claro — peguei uma caixa e fechei a porta. As notícias correm rápido em Stars Hollow.

Minha mãe apoiou a palma da mão na porta da geladeira e me encarou. — Então, ele é bonito — ela disse.

— É. É, sim — Como ela sabia quem era o Dean, ou que ele era bonito? Oh, Deus. Eu me dei conta. Ela tinha ido ao mercado do Taylor para verificar.

— Ele sabe escrever? — ela perguntou.

— Ele sabe ler *e* escrever — contei. Levantei o braço dela para que eu pudesse passar. — Há quanto tempo você sabe? — perguntei enquanto abria a porta do armário e tirava um prato. Eu ainda estava um pouco atordoada com tudo aquilo.

— Desde hoje de manhã — ela disse. — Não achou que iria manter segredo, achou? Estavam se agarrando no mercado.

— Não estávamos nos agarrando — eu disse. — Foi só um beijo.

— Sim, mas quando a notícia chegar à Senhorita Patty, vai ser uma cena de *Nove E Meia Semanas de Amor*[13] — ela reforçou.

— Então, você sabia o tempo todo — eu disse. — No Luke, aqui...

— Sim — ela admitiu.

— Podia ter dito alguma coisa — eu disse.

Ela colocou as mãos nos quadris. — Engraçado, eu ia dizer a mesma coisa sobre você — ela disse.

De repente, me senti *muito* culpada. Ela estava certa. Eu poderia ter contado a ela sobre Dean e o beijo. Eu *deveria* ter contado. Eu queria, mas não era um bom momento. Olhei para a minha mãe, me sentindo um pouco constrangida.

— E agora? — perguntei.

— Agora? Nada — ela encolheu os ombros.

---

13 Filme romântico que fez grande sucesso na década de 1980, conhecido por evidenciar cenas mais picantes. (N. do R.)

Gilmore girls

— Não? Nenhum sermão porque beijei um menino? — Eu não podia acreditar. Ela não tinha ficado completamente maluca quando pensou que eu iria desistir de Chilton por um garoto?

— Sem sermão. Por quê? Acha que foi errado? — ela perguntou.

— *Não* — eu disse. Parei por um segundo. — Acho que não.

— Não gostei do jeito que descobri, mas você está crescendo e essas coisas acabam acontecendo — ela disse calmamente. Não foi o que eu esperava. Claro, eu não sabia o que esperar. — Na verdade, eu acho ótimo! — ela disse com um sorriso largo.

— Não, não acha — eu disse.

— Eu acho, sim! Estou emocionada — ela disse.

— Emocionada.

— Sim — ela disse.

— Ficou muito confusa com tudo isso, não foi? — perguntei.

— Não! Você está louca! — ela disse. — Estou muito à vontade com isso.

— Você não parece à vontade — eu disse. — Parece o oposto de à vontade.

— Bem, você está projetando isso em mim porque não quer pensar que está tudo bem quando está, como eu disse, está tudo bem — ela insistiu.

— Tá bom — eu me sentei à mesa, na cozinha, e abri a caixa com comida.

— Nunca estive melhor — ela insistiu.

— Entendi — finquei o garfo na caixa e comecei a colocar os noodles no meu prato. Minha mãe continuou ali, olhando para mim.

— Você quer? — perguntei, olhando para ela.

— Não, valeu. Estou… bem — ela disse.

∽ 10 ∽

Na noite seguinte, minha mãe e eu estávamos indo ao mercado do Taylor para encher o estoque para a noite do filme. Não importa o que esteja acontecendo em nossas vidas, ou no mundo, temos a noite do filme. Mesmo pensando que as coisas andavam meio estranhas desde que falamos sobre o beijo, nada daquilo importava agora, porque estávamos unidas na nossa paixão por *Willy Wonka e a Incrível Fábrica de Chocolate* e, bem, um monte de guloseimas.

No entanto, a palavra "estranho" não começou a descrever a maneira como eu me sentia agora, chegando ao mercado... a cena do beijo. Dean provavelmente estava lá. Aquela iria ser possivelmente uma ótima ou horrível experiência. Minha mãe nunca tinha conhecido um garoto que eu gostasse antes, porque eu nunca tinha realmente *gostado* de um garoto.

— Certo, temos que ser rápidas porque a locadora vai fechar, então seja fiel à nossa lista. Nada de comprar por impulso, como pasta de dente ou sopa — minha mãe me instruiu enquanto ela abria a porta do mercado.

Ela estava quase entrando no mercado quando percebeu que eu ainda estava parada do lado de fora, olhando para um anúncio do Festival de Outono colocado na janela.

— Rory? — ela disse, virando-se.

— Quer saber? Acho que já temos comida suficiente em casa.

Gilmore girls

— Mesmo? — minha mãe perguntou, colocando a mão na cintura. — Onde você mora agora? Porque na casa da qual saí nesta manhã não tinha nada.

— Bem, podemos pedir pizza — eu disse. — Já é o bastante!

— Você está doida? — ela disse. — Não dá para ver Willy Wonka sem uma quantidade exagerada de porcarias. Não é certo. Eu não permito. Nós vamos entrar. — E ela ficou parada na porta do mercado de novo, esperando para entrar. Eu, por outro lado, ainda estava grudada na calçada.

— Rory, está tudo bem! — ela disse, aproximando-se de mim, sabendo como eu estava me sentindo.

— É muito estranho — eu disse.

— Eu vou acabar tendo que conhecer ele em algum momento — ela disse, como se a lógica pudesse me ajudar justo agora.

— Tá. Que tal no ano que vem? — sugeri.

Ela não estava caindo naquilo.

— Vou ficar tão calma lá que você vai me confundir com uma coluna — ela disse.

— Não vai ter interrogatório — eu disse a ela.

— Eu juro — ela prometeu.

Expus minha lista de regras para que ela não pudesse me deixar constrangida na frente do Dean. "Sem barulho de beijos", eu disse. "Sem histórias da minha infância, e sem referências a Chicago como Chi-town. Sem piadas de James Dean, nem piadas do garoto do saco, sem fuzilá-lo com o olhar, sem nenhuma imitação..."

— Ah, que isso! — ela reclamou.

— Promete — implorei.

— Eu prometo de coração — ela disse. — Agora, podemos, *por favor*, ir ao mercado?

Respirei fundo e me deixei levar, me preparando.

— Tá bom. Vamos. — Entrei rapidamente no mercado do Taylor antes que perdesse a coragem.

Tal Mãe, Tal Filha

Uma vez lá dentro, dei uma olhada pelo mercado. Depois de tudo, sem Dean à vista. Que alívio.

— Não estou vendo ele — eu disse à minha mãe.

— Tudo bem. Talvez ele esteja no intervalo — ela disse, pegando uma cesta.

— É. Ele deve estar no intervalo — eu disse, com uma enorme sensação de alívio. — Okay, então podemos fazer as compras. Queremos marshmallows?

— Humm — minha mãe disse, então coloquei um saco na cesta.

— E queremos jujubas — ela continuou —, e gotas de chocolate, massa de biscoito temos em casa... e manteiga de amendoim. Ah, você acha que eles têm aquela coisa que tem açúcar de um lado e você tem que mergulhar o outro lado no açúcar para depois comer?

— Vamos ficar doentes — eu disse enquanto caminhávamos para o próximo corredor. — É incrível ainda funcionarmos bem — dei a volta no fim do corredor e de repente vi o Dean. — Olha ele lá — eu disse rapidamente.

Dean estava enchendo sacolas com mantimentos, rindo e conversando com um cliente. — Cara, ele é alto — ela disse enquanto olhava para ele, a cesta com guloseimas pendurada no braço dela. — Ele deve ter se abaixado um bocado para o beijo.

— Certo, estamos indo agora — eu disse, pegando o braço livre dela e levando-a para a porta da frente do mercado.

— Desculpe! — Ela disse com um sussurro. — Já acabei — eu soltei ela. Estávamos chegando perto do caixa. — Ele tem olhos bonitos — ela comentou. — Você gosta de um garoto com olhos bonitos.

— Sim — eu disse.

— E um lindo sorriso — ela acrescentou.

— Muito lindo — concordei.

— Acha que conseguimos fazer ele dar uma voltinha? — ela perguntou.

Imaginei que a ela iria falar do bumbum dele. — É bonito também — eu disse.

Gilmore girls

— Mesmo?

— Acredite — eu disse.

Chegamos à esteira e começamos a colocar nossa coleção de calorias nela. Dean olhou para mim e meio que sorriu.

— Vão ter outra noite de filme? — a caixa perguntou.

— Isso — minha mãe disse. — *A Fantástica Fábrica de Chocolate*.

— Que bom! Não é aquele com Gene Hackman? — ela perguntou.

— Gene Wilder — Dean disse.

Ele sabia falar, escrever, e sabia curiosidades sobre filmes.

— Você é um fã de Wonka? — minha mãe perguntou ao Dean.

— Hum... sim — ele disse.

Dean estava ensacando nossas guloseimas, então, parecia um momento tão bom quanto qualquer outro.

— Hum... Dean, esta é minha mãe, Lorelay. Mãe, este é o Dean. Minha mãe estendeu sua mão para o Dean e eles se cumprimentaram.

— É um prazer conhecê-lo, Dean — ela disse educadamente.

— É, o prazer é meu — Dean disse.

— Belo avental — minha mãe acrescentou.

— Ah, obrigado.

Dean parecia envergonhado. Eu estava vagamente ciente sobre o total de dólares anunciado e minha mãe entregando o dinheiro. Virei-me para o Dean e ele me entregou a nossa sacola.

— Obrigada — eu disse.

— De nada — ele e eu nos olhamos de forma estranha por alguns segundos e então minha mãe veio.

— Então, Dean, foi um prazer — ela disse. — Espero ver você de novo.

— É — Dean disse.

Fomos para a saída. — Viu? Não foi tão ruim — ela disse baixinho.

— Tem razão — eu admiti.

— Eu não disse nada de embaraçoso, nenhuma idiotice.

— Eu agradeço muito — eu disse.

Tal Mãe, Tal Filha

— Fica fria, sedutora do mercado — ela provocou.

— Viu? Mesmo uma pequena informação em suas mãos pode ser perigosa — eu disse. Saímos do mercado.

— Preciso de café — ela disse.

— Mãe, a locadora fecha em dez minutos! — eu disse.

— Bem, você corre para a locadora e eu pego o café — ela disse.

— Tá bom.

— Vai, vai, vai! — ela disse. — Encontro você no Luke.

Corri rua abaixo. Eu estava muito feliz porque tinha visto o Dean, minha mãe conseguiu vê-lo e não foi um saco. Enquanto eu virava a esquina, eu a vi voltando do mercado.

— Então? — ela perguntou enquanto se aproximava.

— Consegui — eu disse.

— Legal. Sabe, por um lado estou emocionada por ter pego, mas por outro, em que tipo de mundo vivemos em que ninguém aluga *A Fantástica Fábrica de Chocolate*? — ela perguntou.

— Bem, nós alugamos — eu disse.

— Sim, e graças a Deus por isso. Ah! Ei, convidei seu amigo para assistir conosco — ela disse.

— Que amigo? — perguntei.

— Dean — ela disse de forma descontraída.

— O quê? — Eu parei de andar e a encarei. Ela estava louca?

— Sim — ela sorriu. — Eu disse a ele o que iríamos fazer hoje e ele gostou muito — ela desacelerou por um segundo. — Por que está me olhando assim?

— Você convidou o *Dean*? Para a nossa *casa*? — Eu não conseguia conceber essa ideia.

— Sim?

— Você ficou louca? — eu disse.

— Por que está zangada? — minha mãe perguntou. Ela não estava entendendo. Não fazia ideia...

Gilmore girls

— Porque ainda nem saímos sozinhos até agora! — expliquei. — Meu primeiro encontro com o Dean vai ser com a minha *mãe*? Você está... o que há de errado com você?

— Desculpe — ela parecia confusa de verdade. — Achei que você fosse gostar.

— Em qual universo eu ia gostar? Não somos protestantes. Garotos e garotas têm encontros sozinhos — lembrei a ela.

— Não pensei nisso como um encontro — ela disse. — Pensei nisso como uma oportunidade para ficarem juntos.

— Não quero que a minha primeira oportunidade de ficarmos juntos seja com a minha *mãe*!

De repente ela também não parecia muito feliz. — Tá, pare de dizer *mãe* desse jeito.

— De que jeito? — perguntei.

— Como se tivesse que haver outra palavra depois dela — ela disse.

Respirei bem fundo. Não foi o que eu quis dizer, eu sabia que ela tinha feito aquilo porque tinha boas intenções... mas ainda assim era um saco.

— Não acredito que fez isso. Estou tão humilhada — comecei a andar pela rua em direção à nossa casa. Senti como se estivesse na sétima série ou algo assim... quando a sua melhor amiga diz a um garoto que você gosta dele, então você pode descobrir se ele gosta de você. Nunca fiz isso, mas já ouvi histórias.

— Você está exagerando — minha mãe disse enquanto me seguia na calçada. — Eu o convidei para filme e pizza... não para ver as Cataratas do Niágara.

Eu me virei. Por que ela não conseguia entender?

— Ele é o garoto que eu gosto! — eu disse.

— Eu sei. Eu procurei por um a quem odiasse, mas não tive muito tempo — ela disse de modo leve.

Eu não sorri. — E agora ele é forçado a vir e a ficar comigo e com a minha mãe, comer porcaria e ver um filme?

Tal Mãe, Tal Filha

— Eu só convidei um amigo seu para passarem um tempo juntos. Qual é o problema nisso? E se fosse a Lane? — ela argumentou.

— Você não é a Lane. É a minha mãe. Você convidá-lo é como se a vovó convidasse um cara de quem você gostasse.

— Está me comparando com a minha mãe? — minha mãe perguntou, horrorizada por eu ter dito aquilo.

— Não — eu disse. — Eu só...

— Eu sou Emily Gilmore agora? — Ela balançou a cabeça. — Nossa, como o poder decaiu.

— Eu não quis dizer isso — eu disse. Eu não tinha me dado conta do quanto aquele comentário poderia chateá-la, comparando-a com a minha avó.

— Eu não estava tentando humilhar você! — minha mãe disse.

— Eu sei — eu disse. Se eu pudesse voltar no tempo, eu voltaria.

— Se eu fosse Emily Gilmore, eu estaria tentando humilhar você. Olha, sinto muito — ela se desculpou. — Eu estraguei tudo. Eu só queria... não tem importância. Eu desconvido ele. Eu digo a ele que está cancelado porque descobri que sou a minha mãe e que temos que ir para a terapia intensiva agora — ela disse.

O quê? Aquela não era uma saída. — Não, você não pode desconvidar ele — eu disse. — Ele vai pensar que eu pirei ou algo assim.

— Tá. Então eu apenas desapareço e deixo vocês sozinhos — ela disse.

— E vai fazer parecer que minha mãe armou um encontro para mim? Não.

— Então, o que vamos fazer? — ela perguntou.

Só havia uma resposta. — Ele tem que ir — eu disse. Minha mãe acenou concordando. — Olha, não vai ser tão ruim, ok? Só pizza, filme e conversa fiada. Eu prometo que ele não vai sentir como se sua mãe estivesse lá — ela disse.

— Tá bom — eu disse. Eu não via como aquilo poderia ser possível, já que ela estaria sentada no sofá perto de nós. Mas íamos tentar. Tínhamos que tentar.

Gilmore girls

Quinze minutos depois, minha cama estava lotada de roupas. Eu estava usando meu robe pink florido, e meu cabelo estava puxado para trás por uma tiara. Dean estaria lá em meia hora e eu não estava nem perto de ficar pronta.

Minha mãe entrou no meu quarto para ver como eu estava me saindo.

— Ei, está tudo bem. Passe um hidratante, use uns rolinhos e deixe ele saber o que vai encontrar em casa todas as noites — ela me provocou.

— Era para ser uma noite simples — eu disse. — Ver um filme, comer besteiras, ir dormir enjoada e fim da história. Agora eu devo parecer bonita e feminina, o que é completamente impossível porque eu sou horrível e não tenho o que usar.

— Quer ajuda? — ela ofereceu.

— Não — eu disse. Com quem eu estava brincando? — Sim — disse.

— Okay, vamos ver... aqui — Ela pegou uma blusa escarlate da pilha de roupas na minha cama. — Isso é perfeito. Diz: "Olá, sou moderna e fofa, e fico bem à vontade porque só jogo isso em mim e eu fico fantástica".

Apenas olhei para ela incrédula. — Como faz isso?

— O quê? — ela disse.

— Estou olhando para esta blusa por vinte minutos. Era só uma blusa. Você entra aqui, e em três segundos vira uma roupa.

— São anos de experiência em cérebro congelado na hora de se vestir, como o que você teve agora — ela disse.

— Mas como você faz isso? — perguntei.

— O quê? — ela disse.

Ela obviamente não achava que aquela fosse uma grande ideia.

Tal Mãe, Tal Filha

— Essa coisa toda com os homens. Quero dizer, eu já vi você conversando com um homem — eu disse. — Você tem resposta para tudo, faz ele rir, você ri do modo certo...

— Eu rio do modo *certo*? — ela perguntou.

— Você faz aquela leve jogada de cabelo — tentei demonstrar, mas era difícil com o meu rabo de cavalo e a tiara.

— Eu giro o cabelo — ela corrigiu, mostrando como fazia.

— Então você vai embora e ele fica lá, maravilhado, como se não acreditasse no que está acontecendo — eu disse.

— É que eu roubo a carteira dele! — ela disse.

— Eu nunca vou conseguir fazer isso — eu disse, afundando na minha cama. — Trigonometria eu consigo, mas garotos, namoro, esqueça. Sou uma idiota completa.

Minha mãe pegou a blusa vermelha e sentou na beira da cama.

— Escute. A parte da conversa, você se acostuma... a jogada de cabelo eu posso ensinar. A parte de deixar ele maravilhado, com o seu cérebro e seus olhos azuis, não estou preocupada. Você vai se sair bem. Só dê a você um pouco mais de tempo.

— Meia hora é o suficiente? — perguntei.

— De sobra. Vamos. Passe um brilho nos lábios, claro, mas de frutas, talvez um rímel, solte o cabelo e mantenha uma boa atitude. — Ela deu um tapa na minha coxa enquanto dizia a última parte.

— Você parece a doida da Elza Klensch[14] — eu disse.

— Obrigada. Agora, vamos. Temos um homem a caminho!

Saltei e comecei a deixar tudo pronto para a noite.

---

14 Elza Klensch (29 de fevereiro de 1930 - 4 de março de 2022) foi uma jornalista australiana-americana de moda que dava conselhos na televisão. (N. do R.)

∞ 11 ∞

Uma hora depois, minha mãe e eu estávamos sentadas no sofá olhando para a nossa mesa de guloseimas.

Dean estava atrasado.

Dean estava quase meia hora atrasado.

Não, não era isso.

Dean não viria.

Olhei para o meu relógio. Aquilo era uma tortura. Pura tortura.

— Que horas você disse para ele chegar? — perguntei à minha mãe de novo.

— Às sete — ela respondeu com um sorriso nervoso.

Eu sabia. Mas esperava que ela fosse me dar uma resposta diferente dessa vez. — Deve ter acontecido alguma coisa — eu disse —, talvez ele não venha.

— Talvez ele só esteja um pouco atrasado, Senhora Pessimista — ela provocou. Ela se levantou e foi olhar pela janela. O que era exatamente o que eu queria fazer, exceto pelo fato de que eu já tinha feito aquilo vezes demais para contar.

— Epa! — ela disse.

— O quê? — Olhei por cima do meu ombro para ela, então saltei e fui para a janela.

De repente, vi qual era o problema. Babette, que era extremamente amigável e adorava conversar, não necessariamente nessa ordem, tinha prendido o Dean no caminho. Dean estava parado na frente do quintal, apenas a alguns passos da nossa casa. Ele estava usando uma jaqueta de

Tal Mãe, Tal Filha

couro e parecia inacreditável. Mas Babette e o marido dela, Morey, que estava dentro da casa e falando com o Dean pela janela, não estavam deixando ele passar. Babette agarrou o braço dele e Dean estava educadamente parado lá, ouvindo-a.

— Eles prenderam o Dean — eu disse.

— Espere aqui — minha mãe disse.

Observei enquanto ela corria para fora e cirurgicamente separava Dean da Babette. Ele veio para a porta e eu o deixei entrar rapidamente. Peguei o casaco dele e o coloquei sobre uma cadeira.

— Desculpe, estou atrasado — ele disse. — Cheguei aqui há meia hora.

Olhei para ele e sorri. — Acreditamos em você — eu disse.

Minha mãe, que estava entrando, esfregou os braços de frio e disse — Acreditaríamos em você se dissesse que tinha chegado há três horas.

Todos nós meio que rimos. Então houve aquele silêncio mortal, quando Dean e eu deveríamos estar falando, mas não falamos. Felizmente, minha mãe era um pouco mais leve nesse assunto que eu.

— Então, Dean, o que está achando de Stars Hollow? — Ela perguntou.

— Eu gosto daqui — ele disse entusiasmado. — É calmo, mas legal. Gosto das árvores por toda parte.

— É, as árvores são lindas — minha mãe concordou. — Quando Rory era criança ela descobriu que havia uma árvore chamada salgueiro-chorão — minha mãe continuou. — Rory passou horas tentando alegrar a árvore — ela disse com aquele grande sorriso. — Sabe, contando piadas para ela e... — Eu comecei a balançar a cabeça, e dar a ela um olhar de desespero. Ela notou.

— Não, desculpe, fui eu — ela continuou.

Dean pareceu um pouco confuso.

— Então, gostaria de conhecer a casa? — ela perguntou rapidamente.

Dean encolheu os ombros. — Hum... tá bom.

— Esta é a sala, onde ficamos — ela disse. Todos nós nos viramos em passos curtos, em um pequeno círculo, para admirar a sala. Ela gesticulou para as escadas. — E lá em cima é o meu quarto, tem um bom banheiro...

Gilmore girls

De repente, me dei conta de que o tour iria passar por uma coleção de fotos minhas embaraçosas em várias fases da vida. Bebê, criança, vestida como uma abóbora...

— Mãe — sussurrei, gesticulando para os porta-retratos. Ela os colocou para baixo. Ela é boa. — Humm... ali fica a cozinha! — ela disse.

Dean andou pela passagem em arco até a cozinha. Parei ao lado da minha mãe e suspirei. — Obrigada.

— De nada — ela sussurrou de volta. Então, entramos na cozinha e ela continuou o tour. — Ok, aqui temos o básico. Microondas para pipoca, forno para guardar sapatos e uma geladeira completamente inútil.

Dean acenou com a cabeça.

— Interessante.

A campainha tocou.

— Eu atendo — minha mãe disse. Ela pôs a mão no meu ombro. — Rory, vai ter que continuar o tour. Não esqueça de mostrar a ele as saídas de emergência.

Fiquei um pouco nervosa quando minha mãe nos deixou sozinhos. — Então, essa é a minha mãe — eu disse, olhando para o Dean.

— Ela tem energia — ele disse.

— É, bem, ela é noventa por cento água e dez por cento cafeína — expliquei. Dean riu e se virou para a porta atrás dele. — Então, o que tem aqui?

— Hum... é o meu quarto — eu disse.

— Mesmo? Posso ver?

— Claro, vá em frente — eu disse.

Ele abriu a porta e deu um passo para dentro do meu quarto.

— Uau, é bem arrumado.

Fiquei encostada no batente da porta vendo o Dean verificar o meu quarto. Ele pegou meu CD do Nick Drake. — Você não achou horrível terem usado Pink Floyd naquele comercial da Volkswagen?

— Ah, eu sei — eu disse. Nick Drake é mais que um músico, ele é um poeta. Sua música é linda e eu fiquei chocada quando vi o comercial. Lane e eu ainda falamos sobre isso.

— Então... você não vai entrar?

— Ah, não — eu disse. — Eu já conheço.

Tal Mãe, Tal Filha

— Parece que você está grudada na porta — ele disse.

— Estou só observando meu quarto de uma nova perspectiva. Sabe, eu dificilmente fico aqui. Está me fazendo repensar as minhas almofadas.

— Quer que eu saia? — Dean perguntou.

— Oh, não. Estou à vontade com você olhando — eu disse. Quase.

Ele pegou a galinha de pelúcia que estava na minha cama. Ele segurou a cara dela e disse. — Bela galinha.

— Sabe, ganhei quando eu era criança.

Ele riu, e me dei conta de que eu estava faminta.

— Mãe — eu gritei. — Isso foi a pizza?

— Ah, sim! — ela respondeu. Voltamos para a sala. Minha mãe estava parada em frente à porta.

— Ei, estão com fome? — ela disse.

— Morrendo — Dean respondeu.

— Cadê a pizza? — perguntei.

— A pizza... — minha mãe se deu conta de que estava segurando outra coisa. — A pizza... — A campainha tocou e Sookie entrou com a pizza. Ah, muito esperta, eu pensei. Então Sookie se apresentou para o Dean.

— Prazer em conhecê-lo, Dean — Sookie disse. — Quer dizer, não que eu não soubesse que você era o Dean, mas você tem cara de Dean — ela balbuciou. — Ele não tem cara de Dean?

Eu queria morrer. Acho que o Dean também. Quando Sookie finalmente saiu fomos para o sofá.

— Eu não a convidei — minha mãe disse gentilmente. — Eu juro.

— Por que você não instala uma câmera aqui e transmite pela Internet? — eu disse.

— Porque eu não pensei tão grande — minha mãe disse.

Fomos até a sala. Dean estava sentado no sofá, e a pizza estava sobre a mesa de café, perto da tijela com marshmallows. — Ainda bem que a pizza aqui é boa — ele disse.

— Ah, nós não sabíamos do que você gostava na sua pizza — minha mãe disse a ele —, então pedimos de tudo.

— Qualquer coisa está bom — ele disse.

— Okay! Bom, enquanto está quente.

Gilmore girls

Todos pegamos um pedaço de pizza, encostamos no sofá e começamos a comer.

Cerca de uma hora depois, todos estávamos sentados no chão da sala assistindo à TV.
— Quem quer mais? — minha mãe perguntou.
— Eu quero — eu me inclinei e agarrei um dos menores pedaços que tinham sobrado.
— Uau! — Dean disse. — Você come.
— Sim, e como — eu disse orgulhosa. — Espere, é ruim, não? — perguntei, pensando que provavelmente eu não deveria comer tudo o que está na minha frente.
— Não! — Dean disse. — A maioria das garotas não comem. É *bom* ver você comer.
— Concordo plenamente — minha mãe entrou na conversa.
Eu estava feliz por Dean apreciar o meu apetite, mas já tínhamos conversado tempo suficiente sobre isso. — Vamos falar de outra coisa que não seja meus hábitos alimentares? — eu disse.
— Oh! Oompa Loompas! — minha mãe gritou.
— Minha mãe tem uma coisa por Oompa Loompas.
— Não acho que achar eles incríveis constitui em ter uma coisa — ela disse, em sua defesa.
— Não, mas ter sonhos recorrentes sobre se casar com um é! — eu disse, e Dean riu.
Minha mãe não ia me deixar continuar com aquilo.
— Ah, não me faça falar da sua queda, o Príncipe Encantado! Pelo menos minha obsessão está viva. Você tem uma coisa por desenhos animados.
— Ooh! — Dean parecia intrigado. — Príncipe Encantado, é? — ele perguntou.
— Foi há muito tempo. E não é o da Cinderela, é o da Bela Adormecida — protestei, um pouco envergonhada.

Tal Mãe, Tal Filha

— Porque ele sabe dançar — Dean disse, enquanto entendia. — Eu tenho irmãs.

Tentei imaginar como seriam as irmãs do Dean.

Era ótimo que ele tivesse irmãs. Quero dizer, ouvi dizer que é bom conhecer um garoto que tenha irmãs porque ele entende melhor as garotas. E lá estava Dean entendendo a minha obsessão pelo Príncipe Encantado.

— Então, vamos lá, Dean, conte para nós um dos seus segredos mais desconcertantes — minha mãe disse.

— Bem... eu não tenho segredos desconcertantes — ele disse.

Não acreditei naquilo, nem minha mãe. — Oh, por favor, conta — ela disse.

Sentei-me um pouco mais reta.

— Aposto que sei um. O tema de *Castelos de Gelo* faz você chorar.

— Ah, essa é boa — minha mãe disse rindo.

— Não é verdade — Dean protestou.

— Ah, eu tenho outro. No final de *Nosso Amor de Ontem*[15], você quis que Robert Redford largasse sua esposa e filho e ficasse com Barbra Streisand — minha mãe disse.

Dean balançou a cabeça.

— Eu nunca vi *Nosso Amor de Ontem*.

— Está brincando? — eu disse.

— O que está esperando? — minha mãe perguntou. — Romance, comédia...

— Comunismo — acrescentei. — Tudo em um só pacote!

Dean olhou um pouco impressionado para nós duas.

— Vou ter que ver isso algum dia — ele disse.

— Nossa próxima noite do filme — minha mãe disse.

— É um plano — eu disse. Minha mãe levantou. — Vou fazer pipoca.

— Traz queijo — eu disse enquanto ela ia para a cozinha.

— Então, até que ponto a visita pode sugerir um filme para a noite de filme? — Dean perguntou.

— Depende — eu disse. — Em qual filme está pensando?

---

15 Filme romântico de 1973 (N. do R.)

Gilmore girls

— Eu não sei — Dean balançou algumas mechas de cabelo, tirando-as da frente do rosto. — *Boogie Nights*, talvez? — ele perguntou.

Balancei a cabeça. — Nunca vai passar pela Lorelay.

— Não gosta de Marky Mark[16]? — Dean olhou para mim e sorriu.

— Ela reagiu mal a *Magnólia* — eu disse, e Dean riu. — Ela ficou lá gritando "eu quero a minha vida de volta", e fomos expulsas do cinema. Foi um dia muito divertido.

— É? — ele chegou perto de mim.

— É — eu disse.

— Bem, acho que vou ter que vir com um filme diferente, então — Dean disse, olhando bem nos meus olhos.

— Acho que vai — eu disse.

Virei para ver a televisão por um segundo. Tudo estava indo tão bem que eu fiquei com medo. Dean estava planejando voltar para outra noite de filme — ele disse isso. Nós dois concordamos com isso. Isso significava que ele não estava achando horrível. Significava que ele gostava de mim.

Nós rimos e conversamos por um momento, e então focamos no Willy.

Mudei de posição para ficar mais confortável, e Dean pegou uma almofada do sofá e colocou atrás de mim, para que eu pudesse me apoiar.

— Obrigada — eu disse.

Dean sorriu para mim e voltou para o filme. Fiquei olhando para ele durante um tempo. De repente, me dei conta do quão sozinhos nós estávamos. Por que minha mãe estava demorando tanto? Dean se virou para mim.

— Ei — ele disse.

Eu não pude aguentar a pressão.

— Eu já volto — eu disse, levantando. Eu precisava da minha mãe.

---

16 Apelido de Mark Wahlberg, ator estadunidense que fez parte do elenco do filme mencionado, *Boogie Nights*. (N. do R.)

Tal Mãe, Tal Filha

⚋ 12 ⚋

— Mãe! — entrei na cozinha e coloquei minhas mãos na mesa.

— O quê? O que houve? — ela perguntou, olhando para uma revista sobre moda que ela estava lendo.

— O que está fazendo aqui? — perguntei. — Quando você deveria estar lá tornando as coisas mais fáceis para mim?

— Tentando achar o melhor biquíni para o meu tamanho de busto — ela disse.

— Bem, volte para lá! — ordenei.

— Por quê? O que aconteceu? O rapaz do mercado tentou alguma coisa? — ela perguntou, parecendo preocupada.

— Não! Ele está sentado lá assistindo TV, ele é perfeito e tem um cheiro muito bom! — eu disse.

— O quê? — ela perguntou.

— O cheiro dele é muito bom, ele é incrível, eu sou uma estúpida e disse "obrigada" e…

— Ei, ei, ei. Você disse "obrigada"? — minha mãe perguntou.

— Quando ele me beijou — expliquei.

Minha mãe pareceu totalmente chocada. — Ele beijou você? De novo? O que ele é? Ele acabou de sair da prisão ou algo assim?

— Não. Não agora — eu disse. — No outro dia! No mercado!

— Ah, desculpe. Desconsidere o comentário da prisão. Okay. Espere. Ele beijou você? E você disse "obrigada"? — Foi ainda mais vergonhoso quando eu ouvi ela dizer isso.

— Disse — eu admiti.

— Bem, foi muito educado — ela disse, sorrindo.

— Não — eu disse freneticamente. — Foi estúpido. E eu não sei o que estou fazendo aqui, e você está na cozinha. Que tipo de responsável é você?

— Eu? — ela ergueu as mãos. — Não estou tentando ser responsável. Estou tentando ser sua amiga.

— Bem, mude a marcha porque estou pirando — eu disse.

Minha mãe colocou um sorriso no rosto. — Você gosta mesmo dele, não é?

Encolhi os ombros. — É.

— Bem, okay, então... — ela disse. — Apenas se acalme.

— Não quero dizer ou fazer algo que seja minimamente idiota — eu disse. — O que significa que eu não deveria mais falar perto dele.

— Bem, sinto dizer que quando o coração está envolvido, tudo se torna idiota — minha mãe disse.

— Por favor, volta pra lá.

— Okay, então vamos.

Então me ocorreu como aquilo ficou parecendo — que eu fui buscar a minha mãe porque eu estava com medo de ficar sozinha com ele.

— Não, não podemos voltar juntas — eu disse. — Vai parecer muito óbvio.

— Tá. Eu vou primeiro e você... vai ao banheiro — minha mãe disse.

Ela literalmente tem uma solução para tudo.

— Tá. Certo. Diga a ele que fui lavar o rosto.

— Por causa de todo o açúcar que comeu — ela acrescentou, deixando a história ainda melhor. Se tivéssemos mais tempo, teríamos chegado à minha motivação por comer açúcar e voltado até a minha infância. Mas a versão curta estava legal por agora.

— Sim. Bom. Muito bom — empurrei minha mãe de volta para a sala.

Então fui ao banheiro e liguei a água quente. Fiquei olhando para o espelho enquanto o vapor começava a subir. É este o rosto que está saindo com o Dean, prestes a beijá-lo de novo? Desliguei a água e voltei para a sala.

Tal Mãe, Tal Filha

Depois do filme, Dean se levantou para ir embora. Saímos e ficamos na frente da varanda para nos despedir.

— Agradeça à sua mãe por ter me convidado — Dean disse. Estávamos encostados na grade, bem próximos.

— Desculpe se isso foi completamente estranho — eu disse. — Quero dizer, com a minha mãe convidando você e...

— Ei, não... — ele me interrompeu. — Foi legal. Mesmo.

— Mesmo? — Perguntei.

— Sim — ele disse.

Olhamos um para o outro por um segundo, nos aproximamos e nossos lábios se uniram em um longo e doce beijo.

— Obrigado — Dean disse com uma voz suave. Nós dois rimos, e ele foi embora.

Quando voltei para casa, minha mãe já estava quase na cama. Ela estava deitada de costas, com o braço cruzado sobre os olhos. Deslizei para a cama, para perto dela, e deitei também, encostando minha cabeça no travesseiro.

— Então, tudo correu bem — ela disse.

— Sim, nada mal — eu disse.

— Eu humilhei você? — ela perguntou.

Acariciei meu estômago ainda cheio por um momento.

— O que disse a ele enquanto eu estava no banheiro?

— Que você é linda! — ela disse com um sorriso inocente.

— Mentira — eu disse.

— É, mentira.

— Vou dormir — eu me levantei e comecei a sair, mas não pude deixar de notar que alguma coisa estava chateando a minha mãe. — Mãe? Qual é o problema? — perguntei.

— Nada — ela disse.

— Tem alguma coisa, sim — eu disse. Ela é uma péssima mentirosa. — Vamos, me conta.

— Nada. Eu só... eu realmente queria que você tivesse me contado sobre o beijo — ela disse.

— Sinto muito. Eu queria. Eu juro. Mas fiquei com medo e...

Gilmore girls

— Eu sei. Não estou zangada. Eu só queria ter sabido. É isso. Nada demais — ela se virou um pouquinho na cama. — Tudo está bem. Eu estou bem. Muitas barras de caramelo. Desculpe. Certo. Você tem escola, eu tenho trabalho, então, hora de ir para cama.

— Tá bom. Boa noite — eu disse.

— Boa noite, querida — ela disse.

Eu parei no caminho de novo.

— Mãe? Eu sei que isso é meio bobo e muito depois do fato, mas...

Ela saltou da cama, de repente parecendo completamente feliz e positiva.

— Comece do começo, e se esquecer de alguma coisa, você morre! — ela disse. Eu me sentei na cama, e ela me puxou para perto dela, para que eu pudesse encará-la.

— Onde estávamos? — ela disse.

— Eu estava no corredor do formicida — eu disse.

— Oh, é um bom corredor!

— Eu sei. Foi o que a Lane disse. Mas, de qualquer forma, ele estava trabalhando e...

Devia ser a nonagésima vez que eu contava aquela história.

Quinze vezes para a Lane.

Trinta e cinco vezes para mim.

Quatro para o diário.

E agora, finalmente, eu estava contando para a minha mãe, a pessoa para quem eu realmente queria ter contado primeiro.

Tal Mãe, Tal Filha

∽ 13 ∽

Na sexta seguinte, minha mãe e eu fomos até a casa dos meus avós para o nosso jantar semanal, mas meu avô não estava lá. Senti falta de vê-lo — nós temos uma conexão mais próxima que eu com a minha avó, mesmo que eu a veja mais do que ele.

— Seu avô ligou ontem à noite e pediu para eu dizer que ele vai trazer algo muito especial de Praga para você — vovó disse enquanto começamos a comer nossas saladas.

— Uau, Praga! — eu disse admirada. Eu amava o quanto meu avô viajava — ele tinha ótimas histórias sobre os lugares que visitava. — Não é incrível que ele esteja em Praga?

— Deve ser lindo — vovó disse. — Muito dramático, castelos por toda parte.

— Você sabia que a cela onde Vaclav Havel[17] foi preso agora é um albergue? — perguntei. — Você pode ficar lá por cinquenta dólares a noite — olhei para a minha mãe. — Ei, talvez na nossa viagem para a Europa, possamos ir a Praga e dormir nesta cela. — Estamos planejando esta grande viagem de férias para depois que eu me formar no colégio.

— Com certeza! — minha mãe disse. Ela estava arrancando coisas do seu prato de saladas e empurrando-as para o lado. — Então, podemos ir à Turquia e ficar naquele lugar do *Expresso da Meia-Noite*[18].

---

17 Vaclav Havel (1936 - 2011) foi um político, autor e dramaturgo tcheco. Último presidente da Tchecoslováquia, seu mandato ocorreu entre 1989 e 1992. (N. do R.)

18 *O Expresso da Meia-noite* é um filme de drama biográfico baseado no livro de mesmo nome, do autor William Hayes. Conta a história do estudante ame-

Minha avó apenas olhou para ela.

— Lorelai. O que está fazendo?

— Livrando-me do abacate — ela disse.

— Desde quando não gosta de abacate? — vovó perguntou.

— Desde o dia em que eu disse "que nojo, o que é isso?" e você disse "abacate".

— Estou focada em você, agora — vovó disse para mim. — Conte-me sobre o baile de Chilton na semana que vem.

— Vai ter um baile? — minha mãe perguntou.

— Como soube do baile? — perguntei à minha avó.

— É. Como você soube do baile? — minha mãe perguntou.

— Eu leio os comunicados de Chilton — vovó disse orgulhosa. Ela é muito interada com Chilton e é amiga da mulher do diretor, Bitty Charleston.

— Desde quando recebe os comunicados de Chilton? — minha mãe perguntou.

— Bem, como maior contribuidora para a educação de Rory, achei que pudesse pedir para que as circulares fossem enviadas para a minha casa — vovó explicou.

— Fala sério? — minha mãe perguntou.

Vovó foi para um armário escondido para pegar a circular.

— E é uma boa coisa também, já que obviamente você não lê as suas — ela disse quando voltou. — *Uma* de nós tem que estar atualizada sobre o que acontece na escola de Rory.

— Ei, eu li a minha circular — minha mãe disse de maneira defensiva.

— Você leu? — vovó perguntou.

— Isso mesmo — minha mãe disse.

Vovó segurou a circular de modo que minha mãe não pudesse vê-la. Senti como se eu estivesse olhando para duas crianças.

— Qual é a foto da capa? — ela perguntou.

---

ricano Billy Hayes, preso em um aeroporto na Turquia por porte de haxixe. Lá, passa por torturas e vê a esperança de liberdade em uma oportunidade de fuga (N. do R.)

Tal Mãe, Tal Filha

— A foto de uma criança muito rica — minha mãe disse um pouco rápido demais. Ela continuou mexendo na sua salada. — De uniforme — ela acrescentou.

Vovó virou a circular. — É uma coruja pintada.

— De uniforme! — minha mãe repetiu.

Foi difícil não rir, mas vovó estava levando aquilo muito a sério. Se não fôssemos cuidadosas, ela iria arranjar alguém para ir ao baile de Chilton comigo. Eu não podia subestimá-la.

— As corujas estão em extinção e Chilton está reunindo doações para ajudá-las — vovó se virou para mim e sorriu. — Você deu uma grande contribuição, se quer saber — ela se sentou à mesa de jantar.

— Mãe, não fique fazendo doações em nome da Rory! — minha mãe protestou. — Eu faço isso.

— Como pode fazer isso se não liga para ler as circulares? — vovó perguntou.

— Eu leio as circulares — minha mãe insistiu.

— Você não sabia que eles estavam aceitando doações — vovó reforçou.

— É uma escola privada. Eles estão sempre aceitando doações — minha mãe disse. — Eles ensinam isso nas aulas. Vou lê-los na semana que vem.

— E quanto às corujas? — vovó perguntou, olhando para ela.

— Elas vão sobreviver — minha mãe disse.

— Bem, aparentemente, não, querida. É por isso que as doações estão em primeiro lugar — vovó disse.

Eu juro, ela e vovó poderiam continuar nisso por horas.

Mas minha mãe desistiu e se virou para mim.

— Então, você tem um baile a caminho.

— Sim — encolhi os ombros. — Mas acho que eu não vou.

— Absurdo — vovó disse. — É claro que vai.

Eu não disse nada.

— Mãe, se Rory não quer ir, ela não tem que ir — minha mãe disse.

— Bem, eu não entendo por que ela não quer ir — vovó disse. Pareceu uma ótima hora para sair. — Vou pegar uma coca — eu disse enquanto empurrava a minha cadeira.

Gilmore girls

— Por que não disse nada sobre o baile? — minha mãe perguntou enquanto voltávamos de carro para Stars Hollow.
— Porque eu não vou ao baile — eu disse.
— Certo. Mas por que você não vai? — ela perguntou.
— Porque eu odeio bailes — eu disse. Olhei para os flocos de neve que caíam no para-brisa.
— Boa resposta — ela disse, verificando primeiro se concordava comigo. Então ela disse: — Exceto pelo fato de que você nunca foi a um baile.
— E daí? — perguntei.
— Daí que você não tem nada para comparar — ela disse.
— Não, mas posso imaginar — e me imaginar em um baile com um monte de alunos esnobes não era muito emocionante.
— Sim, é verdade — ela concordou. — Mas não muito, porque se você nunca esteve em um baile, está se baseando nas suas opiniões em uma sessão da meia-noite de *Gatinhas e Gatões*[19].
— E daí?
— Daí que você precisa ao menos ter uma razão decente para odiar uma coisa que você decidiu precipitadamente que iria odiar — ela argumentou. Aquilo era engraçado, vindo dela.
— Confie em mim, eu vou odiar — eu disse a ela. — Vai ser esnobe, chato, a música vai ser irritante, e como ninguém na escola gosta de mim, eu vou ficar lá no fundo, ouvindo 98 Degrees[20] de longe, vendo Tristin discutir com a Paris para ver quem vai brigar comigo primeiro.

---

19 *Gatinhas e Gatões* é um filme estadunidense de comédia romântica lançado em 1984. Conta a história de uma garota apaixonada por um colega de escola, mas tem o sentimento não correspondido. No dia de seu aniversário, a garota se vê obrigada a ir ao baile com um aluno de intercâmbio, fato que a deixa desanimada por completo. (N. do R.)
20 Boyband americana de música pop que fez sucesso nos anos 90. (N. do R.)

Tal Mãe, Tal Filha

— Okay, ou então vai ser brilhante e animado, e você vai ficar na pista de dança ouvindo Tom Waits com um garoto tão lindo olhando para você, que você não vai nem perceber que Paris e Tristin foram comidos por ursos — minha mãe disse.

Aquilo parecia bom. Havia ursos pardos em Hartford? — Que garoto? — perguntei.

— Sei lá. Talvez aquele que fica escondido nas árvores o dia todo, esperando você voltar para casa? — ela disse.

— Dean não fica escondido atrás das árvores — eu disse.

— Ele bateu a cabeça em um galho na semana passada quando eu saí rápido de casa — ela disse.

Imaginar Dean batendo a cabeça em um galho me fez rir.

— Por que está tão preocupada se eu vou ou não? — perguntei.

— Eu não estou preocupada — ela disse. — Só não quero que você perca uma experiência só porque está com medo.

— Eu, com medo? — perguntei. — De quê? — Olhei para fora da janela.

— De convidar o Dean. De ele dizer não — ela disse. — De ir a um baile com um monte de jovens que ainda não aceitaram você. De dançar em público — ela continuou. — De descobrir que você nunca deveria ter dançado em público.

— Tá, tá, já entendi — eu queria que ela parasse.

— Escuta, eu sei que você não é a Senhora Festa, e eu amo você por isso. Mas algumas vezes eu penso: você não vai porque realmente não quer? — ela perguntou. — Ou porque é muito tímida? Se a razão por você não querer ir é realmente porque não quer ir, e não porque está com medo, então, é a última vez que toco no assunto, eu prometo. Pensei sobre o que ela disse por um minuto.

— Eu não tenho um vestido — eu finalmente disse.

— Posso fazer um para você — ela ofereceu.

— Mesmo? — perguntei.

— Podemos comprar sapatos lindos e brincos novos. Faremos o seu penteado... — Ela parecia bem animada com isso.

Gilmore girls

— Não vão achar que sou uma idiota? — perguntei. Ela enrugou o nariz.

— Depende de qual penteado escolher — ela olhou para mim. — O baile pode ser ótimo para você.

Mas estava resolvido. Era isso. Eu iria ao baile.

Agora tudo o que eu tinha que fazer era convidar o Dean para ir comigo.

14

— Ele vai dizer não.

— Por que ele diria não? — Lane perguntou.

— Por que ele diria *sim*? — perguntei de volta.

Estávamos caminhando na rua principal, no sábado, fazia cerca de zero graus na rua.

— Rory, ouça — Lane disse — não há razão para ter um namorado se não consegue convencer ele a ir ao baile com você.

— Ele não é meu namorado — eu disse.

— Mesmo — ela disse categoricamente.

— Não.

— Então, o que ele é? — ela perguntou.

— Ele é minha… companhia masculina — eu disse.

— Legal — ela disse rindo.

— Eu não sei o que ele é, mas não é meu namorado — eu insisti. Então, de novo, eu não estava muito confortável com isso, sem ter tido um namorado antes. Nós nos beijamos algumas vezes. Assistimos a um filme juntos. Ele me deu um presente de aniversário que eu ainda nem tirei do pulso.

— Você acha que ele é meu namorado? — perguntei para Lane. Ela esfregou suas luvas grossas de lã.

— Acho que vocês perdem muitas oportunidades de beijar outras pessoas se isso não é um namoro.

— Namorada — eu disse.

— Você — Lane disse.

— Namorado — eu disse.

Gilmore girls

— Ele.

Balancei minha cabeça. — Não, soa estranho.

— Já tiveram essa conversa antes?

— Sim, Lane. Bebês vêm da cegonha — eu disse.

— A *outra* conversa — ela disse.

— Que outra conversa? — perguntei.

— Estamos saindo há algumas semanas, como ficamos, o que somos um para o outro, se uma garota chama você para sair, você se sente à vontade para ir...

— Como você sabe tanto sobre isso? — perguntei.

— Quem pode, faz. Quem não pode, ensina — Lane disse.

Paramos em frente ao mercado do Taylor e olhamos através da janela. Dean estava no caixa, a apenas alguns passos de nós.

— Lá está ele — Lane afirmou.

— Eu deveria voltar depois — eu disse, dando meia-volta.

— Não, tem que fazer isso agora.

— Por quê? — perguntei.

— Porque eu tenho que chegar cedo em casa, e minha mãe jogou a TV fora quando me pegou vendo V.I.P. Estou entediada e preciso me divertir — Lane disse.

— Certo, lá vou eu — eu disse para Lane.

— Boa sorte — ela disse. — Ah, e, Rory?

— O quê?

— Lembre-se de articular os lábios — ela disse. — Vou estar lendo os lábios daqui.

Eu sorri para ela e entrei no mercado enquanto Dean pegava uma caixa de papelão. — Ei! — eu disse.

— Oh, oi! — Ele sorriu. Ele pareceu realmente feliz por me ver ali.

— Está ocupado — eu observei, parando.

— Só preciso organizar estes feijões enlatados nas prateleiras — Dean disse. — Quer ajudar?

— Sim, claro. Eu adoro arrumar feijões — o quê?

— Certo — ele disse como se eu fosse louca. — Siga-me.

"Com prazer", pensei enquanto seguia o Dean.

— Então, você trabalha aos sábados? Eu esqueci.

Tal Mãe, Tal Filha

— Bem, depende. Algumas vezes eu venho se não tenho nada para fazer — ele colocou a caixa no chão e começou a desempacotar as latas.

— Por quê?

— Por nada — eu disse. — Olha, tem uma coisa na minha escola no sábado. Bem não é exatamente *na* minha escola, mas está sendo organizado por ela.

— O que é? — Dean perguntou.

Comecei muito bem. Realmente impressionante.

— Bem, é o tipo de coisa onde você vai e há música, você costuma usar uma certa roupa, e dança de determinada forma, e tem galinha.

— Galinha? — Dean disse.

— Bem, não sei se vai ter galinha, mas eles geralmente servem galinha porque provavelmente é barato e várias pessoas vão comer, então, a lógica por trás da escolha da galinha não é ruim — eu estava balbuciando. Se Lane estivesse tentando ler meus lábios, ela estaria completamente confusa — exatamente como Dean estava.

— Estou confuso — ele disse com um sorriso apologético.

— É um baile — eu disse a ele.

— Ah — ele pegou a caixa vazia e passou por mim para pegar a próxima caixa para desempacotar.

— Não que eu esteja morrendo de vontade de ir, mas é uma escola nova e ir a eventos sociais é realmente importante em Chilton — o que eu estava fazendo, reproduzindo o catálogo da escola agora?

— Então, está me convidando para ir ao baile com você? — Dean perguntou.

— Não — eu menti. — Sim. Quer dizer, se você *quiser* ir eu também quero.

Dean riu. — Provavelmente vai ser legal, já que é na sua escola.

— Certo. Então… você quer ir?

— Honestamente?" — Dean perguntou, indo para a próxima caixa.

— Sim — eu disse.

— Na verdade, eu nunca fui a um baile — Dean disse.

Fiquei aliviada em ouvi-lo dizer aquilo. — Porque são muito ruins? — questionei.

Gilmore girls

— Sim. E não é a forma como eu penso em passar o meu tempo — Dean virou e olhou para mim. — Não sou um festeiro.
— Certo — ele estava dizendo não. — É justo. Mais feijão, por favor.
Tentei me concentrar na organização das latas para esconder o meu desapontamento.
— Você quer ir, não quer? — Dean disse, vindo para o meu lado.
— Não, não tenho a menor vontade de ir — eu disse. — Só estava pensando alto.
Dean não disse nada por alguns segundos. Então, ele disse: — Ah, então, o que eu tenho que usar?
— O quê?
— No baile — Dean disse. — O que tenho que usar?
— O que você quiser — eu disse, animada.
— Ora, vamos.
— Não, mesmo — insisti. — Qualquer coisa em que se sinta confortável.
— Rory...
— Algum tipo de calça seria bom — eu disse.
— Rory...
— Casaco e gravata — eu disse.
— Ah, céus — Dean suspirou.
— Mas você poderia ir sem casaco e gravata — eu disse.
Dean encolheu os ombros. — Certo.
— Mesmo?
— Sim.
Coloquei meus braços em volta do pescoço dele e o beijei.
— Obrigada — eu disse.
— De nada — Dean disse enquanto eu saía do mercado.
Lane ainda estava parada lá fora, então dei a afirmativa enquanto eu caminhava para a janela. Ela começou a dar pulinhos. Quando eu saí, gritamos animadas e fomos ao Luke enquanto eu contava tudo a ela.
Às vezes não consigo deixar de sentir que não tem sentido fazer metade dessas coisas sem ter a Lane para repassar tudo depois.

Tal Mãe, Tal Filha

Alguns dias depois, ingressos para o Baile de Inverno de Chilton ficaram à venda. Tristin estava na mesa comprando seus ingressos e Paris estava no comando, como de costume.

— Dois, eu acho — Paris disse.

— Achou certo — Tristin respondeu.

— Então, quem você vai levar? — Paris perguntou.

— Por que, está livre? — Tristin provocou.

Isso abalou Paris e a deixou confusa. — Eu, é...

— O que estou pensando — Tristin respondeu. — Você não estaria livre tão perto do baile. Ele pagou por seus convites e caminhou pela fila até onde eu estava parada, lendo *The Group*[21] de Mary McCarthy.

— E ela está lendo de novo — Tristin disse enquanto parava perto de mim. — Que novidade.

— Tchau, Tristin — eu disse.

— Você entendeu a piada da novidade? — ele perguntou. — Porque...

— Eu disse tchau — eu o interrompi.

— O que está fazendo aqui? — ele perguntou, sem ir embora, como eu esperava que ele fosse.

— Gosto de filas — eu disse, segurando o meu livro.

— É o cara quem deve comprar os convites — Tristin disse.

— Sério? A Susan Faludi[22] sabe disso? — perguntei.

Obviamente ele não sabia que Susan Faludi era uma feminista ferrenha que não iria tolerá-lo nem por um segundo.

— A menos que não haja ninguém — ele disse.

— Não. Há alguém — eu disse.

— Um cara barato — Tristin comentou enquanto seguia em frente.

— Bem, o que posso dizer? Eu adoro caras baratos — eu disse. — Largados também. E carecas com pança de cerveja. Sabe quando as calças escorregam no traseiro mostrando aquela cena incrível? Aquilo me deixa louca.

---

21 *The Group* é um romance que acompanha a vida de oito amigas de escola conhecidas entre os alunos como "o grupo". (N. do R.)

22 Susan Faludi é uma jornalista e feminista americana premiada com o Prêmio Pulitzer de Reportagem Explicativa de 1991. (N. do R.)

Gilmore girls

Tristin balançou a cabeça. — Então, quem é ele?

— Uau. Em quantas línguas dá para dizer "não é da sua conta"? — perguntei.

Mas Tristin ainda estava parado ali, ainda me seguindo na fila. — Ele é dessa escola?

— Não — continuei andando.

— Uhhh — Tristin parecia fascinado. — Bem, vou confessar uma coisa a você. Eu não tenho companhia.

— Bem, ouvi dizer que Squeaky Fromme[23] vai ganhar liberdade condicional em breve. Você deveria pensar bem no assunto.

— Na verdade eu estava pensando se você não gostaria de ir comigo — Tristin disse.

— Não pensou, não — eu disse.

— Pensei, sim — ele disse.

Olhei para ele.

— Não pensou, porque você não é burro.

— Poxa, obrigado — ele parecia feliz com aquilo.

— Meio tonto e lerdo, sim — eu disse. — Mas burro, não. E você teria que ser burro para achar que, dado o nosso histórico, eu preferiria, mesmo que um cofre ou um piano caísse na minha cabeça, ir a qualquer lugar com você. Em qualquer situação — acrescentei com ênfase.

Tristin piscou algumas vezes — Tá certo. Vou levar a Cissy.

Olhei para o meu livro de novo. — Vou mandar a ela o meu cartão de pêsames.

— Sim. Bem, pelo menos ela não vai ter que comprar o próprio convite — ele disse sarcasticamente antes de ir embora.

Fui até a mesa de convites.

— Dois, por favor — eu disse a Paris, estendendo o dinheiro a ela.

Ela olhou para mim. — Idiota — ela disse zangada.

— Desculpe? — eu disse.

— Ele é legal com você, e você não poderia ser mais idiota — Paris desembuxou.

---

23 Lynette Alice "Squeaky" Fromme é uma das ex-integrantes da Família Manson condenada à prisão perpétua pela tentativa de assassinato do então presidente Gerald Ford. (N. do R.)

Tal Mãe, Tal Filha

— Se gosta tanto do Tristin, saia *você* com ele — eu disse.

Ela não teve nada para dizer. Em vez disso, só balançou a cabeça. — Não tenho troco — ela disse.

— Me dê depois — eu disse.

— O que eu sou, seu caixa eletrônico? Espere pelo troco. Ela se virou para o garoto que estava sentado ao lado, que deveria ajudá-la. — Preciso de troco! Agora! — ela latiu.

Ele saltou e correu para o lugar onde estava o troco, completamente aterrorizado ao ajudar a Paris. — Não há chance de você ir com alguém melhor que o Tristin — ela disse, olhando para mim.

— Que seja — eu disse.

— Você nem mesmo deve ter um par — Paris disse. — Provavelmente você vai ficar doente com alguma espécie rara de gripe, assim como todos os fracassados nas noites de baile.

Essa foi a mais longa e irritante compra de ingressos que eu já tive.

— Quer saber? — eu disse a ela. — Não quero o meu troco. O dinheiro deixa as pessoas fúteis.

Comecei a ir embora, enquanto o garoto das tarefas voltava com o dinheiro para Paris.

— Consegui o seu troquinho — Paris gritou. Apenas continuei andando.

∽ 15 ∽

A noite do baile chegou rápido.

— Vem logo — minha mãe gritou para mim enquanto eu estava ficando pronta.

— Estou me arrumando — gritei de volta. Na verdade, eu já tinha acabado de me arrumar, e agora só estava me olhando no espelho.

Meu vestido era azul-safira brilhante e caía em volta dos meus ombros. Ia até a altura do joelho, tipo Ava Gardner pronta para a festa de coquetéis do Frank Sinatra de 1955. Meu cabelo estava preso em um coque, e eu estava usando um colar de contas brilhantes.

— Você tem dezesseis anos. Sua pele é como bumbum de neném. Não há nada para enfeitar! — ela gritou do seu lugar no sofá. Ela tinha machucado as costas no dia anterior enquanto terminava o meu vestido e agora doía para se mover. Eu me senti péssima em deixá-la, mas não havia jeito de ela me deixar perder o baile. Eu só ficaria fora por algumas horas e estaria à disposição dela quando eu voltasse. Levantei e fui para a sala.

— Certo. Aqui vou eu — eu disse enquanto caminhava até a sala.

Ela ficou literalmente de boca aberta quando me viu.

— Uau, parece que alguém tocou você com uma varinha mágica.

— Este vestido é incrível — eu disse, virando um pouco para que o vestido girasse em volta dos meus joelhos. — Você se superou.

— É lindo, querida. Você está linda — minha mãe disse. — Venha aqui.

— O quê? — perguntei.

— Spray de cabelo — ela disse.

Tal Mãe, Tal Filha

Fui até lá e me sentei na mesinha de centro, inclinando minha cabeça para ela.

— Conserta, por favor.

— Humm... acho que gosto mais dos sapatos — ela disse, apontando para as minhas botinhas.

— Os saltos machucam — expliquei.

— Ei, a beleza dói — ela respondeu.

— Vou colocá-los apenas quando eu sair — eu disse.

— Deveria colocá-los agora e deixar seus pés ficarem bem dormentes — ela disse.

— Isso é doentio — eu disse.

— Traga o spray de cabelo — ela disse.

Enquanto eu voltava para o meu quarto, a campainha tocou e Sookie entrou na casa, trazendo tacos mexicanos para nós. Voltei com o spray de cabelo e Sookie quase caiu.

— Oh, meu Deus! Você é uma estrela de cinema! É sério. Em algum momento, você tem que descer uma escada — ela me instruiu. — Estrelas de cinema sempre descem escadas.

Minha mãe estendeu sua mão para o spray de cabelo.

— Certo, me passa o spray de cabelo enquanto você tenta fazer o que ela acabou de dizer.

— Não se mexa — Sookie disse. — Eu faço isso — ela levantou a lata de spray de cabelo e pressionou o botão de cima, espirrando spray direto no rosto dela. — Ah! — ela gritou, piscando seus olhos rapidamente.

— Oh, não! Você está bem? — perguntei.

— Sim, estou bem. Aqui, querida, dê isso à sua mãe — Sookie soltou a lata de spray com seus olhos fechados. — Meus cílios estão todos grudados — então ela foi tropeçando para a cozinha.

Minha mãe me fez proteger os tacos, e eu os cobri com um guardanapo. Então ela começou a colocar spray no meu cabelo. Isso formou uma nuvem de spray ao redor da minha cabeça.

— Ai, meu Deus! — suspirei.

— Vai aguentar bem seis danças lentas, quatro mais ou menos e uma lambada. Agora, se planeja algo mais agressivo, posso colocar outra camada.

Gilmore girls

— Acho que está bom — eu disse.

Na cozinha, Sookie estava causando ainda mais danos a si mesma, então corri para ajudá-la a espirrar água em seus olhos até que ela finalmente parecesse estar bem. Ela piscou umas duas vezes e sorriu. Peguei um pano de prato, enfiei ele na frente do meu vestido e peguei um taco. A campainha tocou e eu ouvi minha avó entrando.

— Rory, venha aqui, por favor! — minha avó gritou.

— Oi, vovó — eu disse, enquanto entrava na sala, ainda comendo o taco.

— Ela tem passado muito tempo com você — vovó disse para a minha mãe, com um olhar fulminante.

— Certo, Rory, largue o pano e o taco, vá trocar os sapatos, volte aqui e deixe a sua avó tirar uma linda foto — minha mãe disse.

— Okay — eu disse. Voltei ao meu quarto, tirei minhas botinhas e o pano de prato e coloquei os saltos. Dei uma última olhada e voltei à sala.

— Aí está ela — minha mãe disse quando eu entrei na sala. — Mamãe, prepare a câmera, tá?

— Oh, meu Deus! Você está maravilhosa! — vovó disse quando me viu. Ela começou a tirar foto atrás de foto. — Sorria — ela disse. — Oh, estou tão feliz por ter decidido comprar um vestido para ela — ela disse para a minha mãe.

Eu estava prestes a corrigi-la e dizer que a minha mãe tinha feito o vestido, quando uma buzina de carro soou lá fora.

— É o Dean! — eu disse, animada.

— Venha aqui! Venha aqui! — minha mãe disse. Corri para dar um beijo nela antes de sair.

— Divirta-se muito! — ela disse.

— Vou contar todos os detalhes. Prometo — eu disse. — Tchau, vovó — eu disse, enquanto dava um beijo na bochecha dela.

— Onde você vai? — ela disse.

Eu me virei. — Ao baile — eu disse.

— Você não deve sair correndo pela porta quando um garoto buzina — vovó disse.

— Mãe, está tudo bem — minha mãe disse.

Tal Mãe, Tal Filha

— Certamente não está nada bem — vovó disse. — Este não é um drive-through. E ela não é um frango frito.

— Vovó, eu falei para ele buzinar — eu disse. — Nós combinamos.

— Não importa o que disse a ele — ela disse. — Se ele quer levar você para sair, ele vai chegar à porta, bater, dizer boa noite e entrar por um momento como alguém civilizado saberia fazer.

— Mãe, isso é bobeira. Eu já conheço ele — minha mãe disse.

— Bem, mas eu não. Vamos esperar ele vir até a porta — vovó declarou.

— Mas ele não sabe o que tem que fazer.

— Ele vai descobrir — vovó disse calmamente. Claro, ela *conseguia* ficar calma.

Dean buzinou mais umas duas vezes, enquanto eu andava pela sala me sentindo presa.

— Ele não é muito inteligente, é? — Vovó comentou. Parei de andar quando ouvi passos nas escadas lá fora, subindo para a varanda. Então a campainha tocou. Eu corri para a porta.

— Não corra! — vovó disse. — Uma dama nunca corre.

Desacelerei. — Oi! — Eu disse, enquanto abria a porta.

— Oi! Achei que eu devia buzinar — Dean disse, parecendo confuso.

— Eu sei. Desculpe — eu disse a ele.

— Meu jovem, entre, por favor — vovó ordenou.

Eu me virei e a vi parada atrás de mim, na entrada. Lancei um olhar de desculpas para o Dean enquanto ele entrava na casa. Eu amo a minha avó, mas ela era arrogante algumas vezes.

— Oi, Dean — minha mãe disse do sofá. — Conheça a minha mãe. Emily, o Sargento.

— Emily Gilmore — vovó disse, olhando para Dean.

— Oi — Dean disse.

— Olá — vovó continuou com a sua verificação.

— Okay, malandrinhos. Vocês dois, podem ir! — minha mãe disse para mim e Dean. — Divirtam-se.

— Cheguem às onze — vovó disse severamente.

— Meia-noite — minha mãe sussurrou para mim.

Gilmore girls

Nós estávamos na metade do caminho para Hartford quando comecei a entrar em pânico. O que eu estava fazendo? Eu iria ser tão esquisita e todos iriam ficar olhando para mim e Dean. Paris provavelmente estava escrevendo uma lista de insultos agora mesmo. Virei para Dean e disse. — Poderíamos esquecer isso.

— Tudo bem — Dean disse, obviamente um pouco confuso.

— Quero dizer, é só um baile, o que tem de mais — eu disse.

— Isso me intriga — Dean concordou.

— E esse pessoal da minha escola? É terrível. Você viu *Vidas sem Rumo*[24]? — perguntei a ele.

Dean sorriu. — Sim, eu vi.

— Apenas me chame de Pony Boy[25] — eu disse, e Dean riu. — Ouvi dizer que o lugar é lindo. Antigo e histórico. Talvez pudéssemos ficar por um minuto.

— Legal — Dean concordou.

— Ou não — eu disse. — Por que não consigo decidir? Isso é ridículo. O que você acha?

— Acho que... — ele olhou para mim. — Você está linda nesta noite.

Olhei para Dean e sorri. — Bem, talvez um minutinho não vai doer — eu disse.

---

24 *Vidas Sem Rumo* é um filme de drama de 1983 do diretor Francis Ford Coppola (N. do R.)

25 Rory se sente excluída do círculo social dos alunos de Chilton, comparando-se a Pony Boy, protagonista do filme *Vidas sem Rumo*, que experimenta um sentimento de rivalidade em relação a outra gangue. (N. do E.)

16

Olhei ao redor do salão de baile com todos de Chilton vestidos com trajes formais. Era estranho. Eu só costumava ver as pessoas de uniforme. Foi difícil reconhecer as pessoas. Espero ter ficado anônima.

Havia dúzias e dúzias de mesas montadas, e cada uma tinha uma lâmpada no centro de um arranjo floral. Havia música tocando, e algumas pessoas estavam dançando, algumas circulando e outras apenas sentadas, comendo e conversando.

— Nossa, é um salão lindo — eu disse enquanto olhava ao redor. Dean e eu tínhamos dado uma olhada em nossas roupas e ficamos lado a lado, olhando para o enorme salão.

— Parece histórico — Dean comentou.

— Palmas para a pessoa que sugeriu esta locação — eu disse.

— Bom, podemos tirar a nossa foto e ir embora — Dean sugeriu.

— Podemos — concordei meio hesitante.

— Ou podemos dançar um pouquinho primeiro — Dean disse, percebendo. — Fico tenso… um *pouquinho*.

Eu sorri. — Uma dança lenta?

— Parece bom. — Dean pegou na minha mão e fomos para a pista de dança. No caminho, Louise e Madeline interromperam. Louise dando uma boa olhada no Dean.

Mas Dean levou tudo numa boa e deixou ela saber que ele estava comigo, me abraçando.

Louise ficou entediada e ela e Madeline foram embora.

— Gosto do seu vestido — Madeline disse olhando por cima dos ombros.

Gilmore girls

— Obrigada — eu disse.

Fomos para a pista de dança pela segunda vez, quando esbarramos com Paris e seu par.

— Vejo que veio — Paris disse, parecendo surpresa.

— Você me vendeu o convite — eu lembrei a ela.

— Sou Jacob — o par da Paris se apresentou.

— Oi, sou Rory — eu disse. — Este é o Dean.

— Com licença — Paris e Jacob se afastaram enquanto ela dizia: — Não são meus amigos.

— Eu estava sendo educado — Jacob disse.

— Bem, não seja — Paris disse a ele.

Dean e eu nos entreolhamos. — Então, essa é a Paris — ele disse.

— Sim, é ela — eu disse.

— Ela parece engraçada — Dean comentou.

— Ah, sim, ela é — fomos para a pista de dança.

— Então, essa coisa de dança não é algo que eu queira me acostumar ou comentar — Dean disse.

Coloquei meus braços em volta dos ombros dele e minhas mãos em volta do seu pescoço. — O mesmo vale para mim — eu disse, enquanto Dean colocava suas mãos na minha cintura.

Começamos a dançar a música lenta. — Ei, se eu te beijar, uma freira vai aparecer e me expulsar daqui? — ele perguntou.

— Não é uma escola católica — eu disse.

— Então eu posso te beijar.

E ele beijou.

— Então, Pony Boy. Está feliz?

— Sim, estou feliz — eu disse, sorrindo.

Fizemos uma pausa um pouquinho depois. Dean foi buscar algo para bebermos, e enquanto eu me virava, dei de cara com Jacob.

— Oi. Rory, certo? — ele perguntou.

— Sim — eu disse. Paris enviou seu par para me insultar agora? O que, ela estava de folga?

Tal Mãe, Tal Filha

— Está se divertindo? — Jacob me perguntou.
— Na verdade, estou. E você?
— Tudo certo — Jacob disse olhando ao redor do salão. — Então, aquele era seu namorado?
— Oh, bem, eu não sei. Não tenho certeza — eu disse.
— Não tem certeza? — Jacob disse.
— Não. Quero dizer... estamos saindo por pouco tempo, então...
— Então ainda há uma chance — Jacob disse.
Uma chance? — O quê? — perguntei.
— Gostaria de dançar? — Jacob deu um passo mais próximo de mim.
— Oh, não. Obrigada — balancei a minha cabeça.
— Talvez eu possa pegar o seu número — ele disse.
— Pra quê? — perguntei.
— Para ligar para você — ele disse, já que isso deveria ser óbvio. Eu não tinha entendido.
— Desculpe, você não veio com a Paris? — perguntei a ele.
— Sim — Jacob acenou com a cabeça.
Eu tinha que soletrar para ele? Que tipo de garoto ele era? Nem mesmo Paris merece um pseudo par assim. — Então, talvez você não devesse estar aqui pedindo o meu número — eu disse a ele.
— Por quê? Paris é minha prima — ele explicou com um sorriso acanhado.
— Sua prima? — perguntei.
— Sim — ele admitiu.
— Paris é sua prima — eu repeti, só para ter certeza de que eu tinha escutado direito. — Vocês são parentes — ela teve a coragem de me dizer que eu não tinha um par decente para este baile? Ela estava com o *primo*.
— Sim — Jacob admitiu.
— Jacob? — sorri. — Foi um prazer conhecer você. Espero que tenha uma ótima noite — eu me virei e fui achar o Dean. Até então, tudo estava caminhando para ser melhor do que eu imaginava.

121

Gilmore girls

Cerca de meia hora depois, Dean e eu estávamos sentados na nossa mesa descansando. Eu estava com os calcanhares de fora e meus pés estavam na cadeira. Olhei para os meus sapatos.

— Como uma coisa tão linda pode ser tão má? — lamentei.

— É muito ruim? — Dean perguntou.

— É uma dor que eu nunca experimentei antes. Acho que isso significa a minha entrada oficial no clube da feminilidade.

— É um clube rígido — Dean simpatizou. — Então, talvez você queira ir embora.

— Você está entediado — eu me dei conta. — Desculpe. Sim, vamos agora mesmo.

— Não estou entediado — Dean disse. — Eu pensei, sabe, ainda há um tempo sobrando, talvez pudéssemos pegar um café em algum lugar... passar um tempo juntos, dar um passeio. Sabe, só nós dois.

Eu sorri. — Isso seria legal.

Dean foi pegar nossos casacos, e, de repente, Paris se materializou na minha mesa.

— Então, para quantas pessoas você contou? Quatro? Cinco? — ela exigiu saber, inclinando-se para mim de modo que pudesse me interrogar cara a cara. — Pra todo mundo?

— Do que está falando? — perguntei.

— Você sabe que Jacob é meu primo e agora você tem toda a munição de que precisa para para me dar o troco, certo? — A voz de Paris foi ficando cada vez mais alta a cada palavra. Ela estava beirando a histeria.

— Eu não quero te dar o troco — eu disse. — Só quero ficar longe de você.

— Agora você já pode sair pela escola toda e dizer a todos que Paris Geller não conseguiu arranjar um par para o baile — Paris disse, com sua voz ainda mais alta agora. Olhei tensa ao redor, para as pessoas na pista de dança. — E dizer a eles que ela não tinha um par, e como não poderia deixar de vir, teve que falar com sua mãe para pedir ao seu primo Jacob para levá-la, e então teve que dar a ele o dinheiro para fazer isso! — ela disse irritada. — Vá em frente. Conte a eles!

— Não preciso — eu disse com a voz baixa. — Você já contou.

Tal Mãe, Tal Filha

Paris se levantou e olhou ao redor. Atrás dela havia cerca de vinte casais paralisados, olhando. Ela os empurrou e correu.

Apesar do quanto ela fez da minha vida uma lástima, eu ainda me senti mal por ela. Eu não desejaria uma humilhação pública a ninguém.

Vi Dean carregando nossos casacos pelo salão até a nossa mesa, mas de repente ele parou para falar com alguém. *Tristin*? Pensei, enquanto olhava para eles. Dean e Tristin conversando? Aquilo não fazia sentido.

Fui até lá para ver o que estava acontecendo. — Oi? O que está havendo? — perguntei, tentando tornar as coisas descontraídas.

— Nada, apenas conhecendo seu namorado — Tristin disse.

— Está indo muito bem — Dean disse. — Você não acha? — Eles estavam olhando um para o outro intensamente. Não gostei mesmo daquilo.

— Ah, sim. Nós até íamos formar um clubinho — Tristin disse.

— Certo. Odeio estragar a festa, mas temos que ir — eu disse, olhando para o Dean.

— Oh, por quê! A garotinha tem que ir para casa? — Tristin disse em um tom condescendente.

— Para — Dean disse irritado.

— Por quê? Acho que vocês dois formam um belo casal. É o seu cavalo parado lá fora? Precisa chegar em casa para cuidar da cria no celeiro? — Tristin disse para o Dean.

Eu nunca vi Dean tão bravo. — Vamos — ele disse, segurando o meu casaco. Começamos a ir embora, mas Tristin tentou ficar entre nós.

Dean o empurrou. — O que diabos acha que está fazendo?

Tristin ficou completamente chocado. — Não vai me empurrar de novo — ele disse.

— Está mesmo dando uma de durão? — Dean disse a ele. — Você está usando uma gravata. Pelo amor de Deus!

Tristin apontou para a saída. — Lá fora… agora.

— Não vou brigar com você — Dean disse. — Seria como bater em um contador. Eu ligo para você quando precisar declarar os impostos.

Uma multidão começou a nos rodear.

Gilmore girls

Tristin agarrou o casaco do Dean e empurrou ele para trás. Dean deu um soco e os dois se agarraram pelos braços. — Você não vai querer brigar comigo, Tristin — Dean disse.

— Por quê? — Tristin disse enquanto dois outros caras tentavam empurrá-lo para trás.

— Porque eu acabo com você, idiota! — Dean disse. Ele passou pelo Tristin, veio até mim e disse baixo: — Vamos, Rory — atrás de nós, Tristin lutava para se libertar e vir atrás de nós. Assim que ele chegou mais perto, Dean se virou. — Nunca mais chegue perto dela — ele disse.

Então fomos embora.

∽ 17 ∽

— Foi um baile e tanto — Dean disse enquanto caminhávamos pelo coreto, finalmente de volta a Stars Hollow. Estava uma noite fria, e meus sapatos esmagavam o gelo e a neve. Tínhamos pegado café para viagem, e eu estava feliz por ter algo quente para beber.

— Eu realmente não sei o que deu nele — eu disse.

— Eu sei — Dean disse. — Ele tem uma queda por você.

— Não, não tem. É apenas um jogo para ele ou algo do tipo — eu disse.

— Ele tem uma queda por você — Dean repetiu.

— Ele não faz nada além de me insultar e me humilhar! — Protestei.

— Ele tem uma queda por você.

Pensei sobre aquilo por um segundo. — Eu não sei como me sinto com toda essa situação — eu disse enquanto atravessávamos o gramado até a calçada.

— O que quer dizer? — Dean perguntou.

— Não sei. Ver o meu namorado defendendo a minha honra... é estranho — eu disse.

— Namorado? — Dean disse.

— O quê?

— Você disse namorado — ele disse.

Gilmore girls

— Eu só quis dizer namorado no sentido de que me defender é coisa de namorado — eu disse, disfarçando. — Mas apenas no sentido amplo da palavra, o que não se aplica de modo nenhum. Aqui.

Dean olhou para mim e sorriu. — Você está se enrolando.

— Eu não quis dizer que você é meu namorado — eu disse.

— Okay — Dean disse.

— Eu não acho que você *seja* o meu namorado — eu disse.

Dean encolheu os ombros. — Okay — a voz dele parecia meio evasiva. Eu não saberia dizer se ele se sentia insultado ou desapontado.

— Dean? — perguntei.

— O quê?

Caminhamos mais alguns passos em silêncio. — Você é meu namorado? — eu finalmente perguntei.

— No sentido amplo da palavra? — ele disse.

— Não, no sentido real. "Oi, esse é o Dean, meu namorado", desse jeito. Alto e em bom tom.

— Bem, eu seria se você quisesse — Dean disse.

Parei de andar e me virei. — Eu quero — eu disse.

— Okay — ele concordou.

— Então, está combinado.

— Sim, está.

— Você é meu namorado — eu disse.

— É um consenso.

Eu não conseguia parar de sorrir enquanto continuávamos caminhando pela calçada.

— Eu me sinto muito bem sobre esta decisão.

— Bem, fico muito feliz em ouvir isso — Dean disse.

Paramos na frente da escola da Srta. Patty. A porta estava entreaberta. Era um pouco tarde, quase 22h. — Acho que a Srta. Patty se esqueceu de fechar — eu disse.

Dean espiou pela porta. — Eu nunca tinha visto aqui antes.

Tal Mãe, Tal Filha

— Então, vamos entrar — eu disse. Caminhamos pelo estúdio de dança e Dean deu uma olhada em todas as fotos preto e branco profissionais que estavam na parede.

— Todas essas mulheres são realmente a Srta. Patty? — ele perguntou.

— Sim. Ela disse que já fez de tudo o que há para fazer no show business, exceto colocar fogo na argola para cães saltarem — enquanto eu andava, minha bolsa caiu no chão com tudo.

— Eu pego — Dean se ofereceu. — Nossa, isso pesa uma tonelada — ele disse enquanto pegava a bolsa do chão. — O que você tem aqui dentro?

— Sei lá — comecei a vagar pelo estúdio. — Um batom, uma nota de cinco dólares, chiclete, spray de cabelo, um livro...

— Um livro? — Dean perguntou, me seguindo. — Você trouxe um livro para o baile?

— Sim — admiti.

— Pensou que fosse ter muito tempo livre? — ele sorriu.

— Não! Apenas levo um livro comigo em todo lugar. É só um hábito — expliquei.

— Então, o que está lendo? — ele perguntou.

— *The Portable Dorothy Parker*[26].

Ele pegou o livro de mim e folheou as páginas, parando para ler um de seus poemas em voz alta.

"Há um pouco em dar e receber, há um pouco no vinho e na água; Esta vida, esta vida, esta vida nunca foi um projeto meu."

— Ele se sentou em um pufe. Sentei perto dele, ele colocou os braços em volta de mim. — Ei — eu disse.

— O quê? — Ele respondeu, tirando seus olhos do livro.

— Obrigada por esta noite — eu disse. — Foi perfeita.

---

26 Um livro compilado com várias poesias da autora Dorothy Parker. (N. do R.)

Gilmore girls

— De nada — nós nos beijamos novamente, então nos aconchegamos no pufe, e começamos a ler. Era uma noite perfeita. Um pouco de dança, um pouco de caminhada e um pouco de Dorothy Parker[27]. Perfeito.

— Rory, querida — era a Srta. Patty. A voz mergulhou em meus sonhos, enquanto eu sentia uma mão na minha cintura, me chacoalhando.
— Rory? Rory, o que está fazendo aqui?
— Senhorita Patty? — Eu disse, piscando os olhos para acordar. Meus olhos abriram lentamente. Era a Srta. Patty e vinte outras mulheres de meia idade olhando para mim. Eu ainda estava usando a minha roupa do baile. Eu ainda estava no pufe próxima ao Dean. Era um sonho?
— Vocês passaram a noite aqui? — Srta. Patty perguntou.
— Eu... ai, não! Dean, acorda! — eu disse.
— Que horas são? — ele perguntou meio sonolento.
— São cinco e meia da manhã — a Srta. Patty nos disse.
Minha mãe ia me matar. — Oh, meu Deus. Nós dormimos. Como podemos ter dormido? — perguntei ao Dean enquanto procurava por meus sapatos, minha bolsa e meu casaco.
— Calma! — Dean disse, levantando. — Eu explico tudo para a sua mãe.
— Onde está a minha bolsa? Onde está a minha bolsa? — Perguntei.
— Eu peguei — Dean disse. — Relaxa.
— Tenho que ir! — Abri caminho através da multidão de mulheres, correndo para a porta, sem nem mesmo parar para calçar meus

---

27 Dorothy Parker (1893 - 1967) foi uma poetisa, escritora, dramaturga e crítica estadunidense aclamada e criticada por suas opiniões de esquerda. (N. do R.)

Tal Mãe, Tal Filha

sapatos... aliás, eu conseguia correr mais rápido na neve e no gelo com meus pés de meia.

— Rory! Espere! — Dean se apressou atrás de mim.

— Eu tenho que ir!

— Eu vou com você! — Dean disse. — Vamos explicar. Vai ficar tudo bem.

— Não, você *não* pode ir comigo. Você não deve nem chegar perto da minha casa por enquanto!

— Não é sua culpa! — Dean disse.

— Eu sei. Apenas preciso chegar em casa — eu disse. Ele não entendeu que problemão era aquele, não podia entender.

Ele pegou no meu braço. — Por favor, me deixe ir com você — ele disse.

— Não! — eu disse me afastando.

— Rory! — ele gritou enquanto eu corria pela rua.

— Tenho que ir para casa! — gritei.

Dessa vez eu corri como Flo-Jo, minhas pernas se movimentando o mais rápido que eu conseguia. No caminho para casa, comecei a imaginar o quão preocupada minha mãe deveria estar. Ela tinha me encorajado a ir ao baile, feito um vestido maravilhoso para mim e arranjado tudo para que eu pudesse ir. Ela devia estar decepcionada agora. Eu odiava o fato de ela ter que passar a noite me esperando, preocupada e pirando.

Quando cheguei na nossa casa, era pior do que eu imaginava. O carro da minha avó ainda estava estacionado na frente. Ela deve ter passado a noite. Ela e minha mãe provavelmente devem ter passado a noite pensando onde eu estava. Eu me sentia tão horrível, estava enjoada. Eu nunca tinha feito uma coisa dessas.

Quando entrei na casa pela porta da frente, elas estavam totalmente desesperadas, gritando uma com a outra.

— Olhe ao redor, mãe! Isso é uma vida! — minha mãe estava gritando na cozinha. — É até um pouco colorida, então por isso você

Gilmore girls

estranha, mas é uma vida! E se eu não tivesse engravidado, eu não teria a Rory!

— Você sabe que não é isso que quero dizer — vovó disse.

— Talvez eu tenha sido horrível, uma criança incontrolável, como você diz, mas Rory não é. Ela é inteligente e cuidadosa, e eu confio nela, e ela vai ficar bem, e se você não pode aceitar e acreditar nisso, então, não quero você nesta casa! — minha mãe gritou.

Houve um momento de silêncio, então vovó saiu da cozinha. Eu me espremi contra a parede para que ela não pudesse me ver no caminho para a saída. Ela bateu a porta atrás de si.

Entrei devagar na cozinha, onde minha mãe estava fazendo o café. Ela estava parada na pia de costas para mim, enchendo a jarra de água.

— Mãe — eu comecei bem nervosa —, muito obrigada por dizer todas aquelas coisas legais...

Ela se virou e me atacou. — O que estava pensando? Passar a noite fora? Você ficou louca?

Ela estava tão brava comigo. Ela nunca tinha gritado comigo daquele jeito. Meus olhos imediatamente se encheram de lágrimas. — Desculpe — eu disse. — Foi um acidente.

— Você está falando com a rainha de passar a noite fora — ela disse. — Eu inventei o conceito! Isso não foi um acidente. Você não pode fazer isso. E ponto!

— Nada aconteceu — eu disse. Por que ela não estava ouvindo?

— Você tem alguma ideia de como é acordar com a minha mãe e descobrir que você não voltou para casa? — ela impôs.

— Então isso tudo é sobre a vovó estar aqui? — perguntei.

— Não. É sobre o sentimento de completo terror quando sua filha não está na cama pela manhã! — ela gritou.

— *Desculpe* — eu disse novamente.

— E é sobre um tipo de terror diferente quando você descobre que ela passou a noite com um garoto!

— Eu não passei a *noite* com ele. Nós dormimos.

Tal Mãe, Tal Filha

— Você vai tomar pílula — ela disse, afastando-se de mim.

— O quê?

— Você não vai ficar grávida — ela disse.

— Eu não dormi com o Dean! — eu disse.

— Droga!

Ela realmente não acreditava em mim. Aquilo era insano!

— O que houve com toda aquela coisa que disse para a vovó? O que aconteceu com a sua confiança em mim? — perguntei. Era difícil falar porque eu estava chorando muito. — Você sabe que foi um acidente! Você só está brava porque eu estraguei tudo e fiz isso na frente da vovó, e ela brigou com você por isso! Bem, me desculpe. Desculpe por eu ter estragado tudo, e desculpe por ela ter gritado com você, mas eu não fiz nada! E você sabe! — eu chorei.

Corri para o meu quarto e bati a porta. Joguei meus sapatos e minha bolsa no chão, deitei na cama e comecei a soluçar no meu travesseiro. Como ela podia não acreditar em mim... ela não me *conhecia*? Ela não *sabia* que eu nunca faria nada tão estúpido e intencional, como machucá-la assim?

∽ 18 ∽

Alguns dias se passaram antes de minha mãe e eu começarmos a falar em bases quase normais. E isso era apenas para trocar informações sobre nossos horários ou sobre estarmos sem leite semidesnatado.

Eu não conseguia perdoá-la pelo que ela me disse. Ela obviamente não conseguia me perdoar pelo que fiz, ou o que ela pensou que eu tivesse feito.

Eu estava péssima. O Natal era uma das nossas épocas favoritas do ano. O desfile de Natal estava sendo ensaiado e não estávamos nos falando durante ele, tirando sarro das pessoas, como costumávamos fazer. Eu não tinha ninguém para comprar meias bobas. Não estávamos ouvindo nossas músicas péssimas de Natal, ou assistindo a filmes de Natal que amávamos ou a filmes de Natal que amávamos odiar. Eu estava completamente fora de sintonia. Até mesmo esqueci de que eu deveria encontrar Lane naquela tarde.

— Ei, achei que fôssemos nos encontrar no Luke — ela disse, quando me encontrou apoiada na grade do coreto.

— Íamos? Oh, não, nós íamos — eu disse. — Desculpe. Eu me esqueci.

— Deixe-me adivinhar. Você e Lorelay ainda não fizeram as pazes, hum? — Lane perguntou.

— Não. As coisas ainda estão muito *O Milagre de Anne Sullivan*[28] na nossa casa. Deus, como tudo ficou tão complicado? — Eu me sentei no banco onde tinha deixado todas as minhas sacolas de compra.

---

28 *O Milagre de Anne Sullivan* é um filme de drama-biográfico que conta a história de Anne Sullivan, uma educadora que ensina Helen Keller, uma garota surda e cega, que tenta se adaptar ao mundo. (N. do R.)

— Acha que o fato de você ter passado a noite com o Dean tem algo a ver com isso? — Lane disse enquanto se sentava perto de mim.

— E a minha avó estar lá para testemunhar não ajudou — acrescentei.

— Nunca ajuda — Lane concordou.

— Que droga — eu disse. — As coisas estavam bem. A escola estava bem. Dean estava bem. Agora minha mãe e eu mal estamos nos falando, minha mãe e vovó mal estão se falando... e o novo nome do Dean é garoto narcoléptico.

— Como ele está lidando com isso? — Lane perguntou.

— Não sei. Não o vi desde que isso aconteceu — eu disse.

— O quê? — Lane perguntou. — Mas foi há quatro dias.

— Eu sei — eu disse.

— Ele ligou para você? — Lane perguntou.

— Eu disse para não ligar — eu disse.

— E ele obedeceu?

Dei um leve sorriso. — Não — ele continuou deixando mensagens, mas eu ainda não retornei para ele. Eu não quis irritar minha mãe, mais do que ela já estava irritada, falando com o inimigo. Mas senti falta dele. Muito. Eu tinha comprado o presente de Natal dele naquela tarde, uma edição de *A Metamorfose*[29], de Kafka. Quando contei a Lane sobre isso, ela disse que achava que um livro não era romântico o suficiente, que não era uma boa ideia. Eu não estava certa disso. Eu ia acreditar nisso por alguns dias e pensar sobre.

— Espero que tenha mudado de ideia — gritei para minha mãe enquanto amarrava a fita do presente da minha avó. Eu já estava vestida para a grande festa anual duas semanas antes do Natal na casa dos meus avós. Eu realmente não podia acreditar que minha mãe não iria. Ela nunca perdia uma festa de Natal.

---

29 *A Metamorfose* é uma ficção do autor austríaco Franz Kafka (1883 - 1924) que conta a história de um rapaz que acorda metamorfoseado em uma barata. (N. do R.)

Gilmore girls

— Não sou eu que tenho que mudar de ideia — ela disse.

— Não acho que ela quis dizer isso — eu disse. Minha mãe e vovó haviam tido outra discussão, dessa vez sobre minha mãe ir à festa, porque minha mãe não teria tempo antes dos coquetéis. Vovó a desconvidou, na verdade, para a festa de Natal. Eu sabia que não era por causa dos coquetéis. Ainda era pela briga que elas tinham tido na manhã depois do baile. Foi tudo culpa minha, e ela ainda queria que eu fosse à festa.

— Ah, ela quis dizer isso — minha mãe disse.

— Talvez ela tenha dito isso naquela hora, mas aposto que não vai pensar assim mais tarde, quando eu aparecer lá sem você — eu disse.

— Sem um mapa para seguir aquele raciocínio, eu digo "coloque um gorro, está frio lá fora".

— Então, você prefere guardar rancor — eu disse.

— Sim. Queima mais calorias — minha mãe respondeu.

— Não é verdade.

— Como acha que a vovó tem aquelas pernas? — ela disse. — Ela não é exatamente a garota fã de máquinas de escada.

— Mãe.

— Eu nunca a vi em uma pista de corrida.

— Okay — às vezes minha mãe não sabe quando parar.

— Não me lembro de o country club organizar uma aula de Tae Bo.

— Certo! — eu disse. — Esqueça. Devo colocar seu nome no presente da vovó?

— Sim. Assine como "a hoteleira antes conhecida como a filha dela".

Peguei o presente e fui para a sala. — Sabe o que eu acho? Que está sendo muito imatura.

— Ei! Não estou — ela disse.

— E quanto à torta de maçã? — perguntei enquanto colocava o meu casaco de lã. Isso era loucura, ir sem a minha mãe. — Você espera o ano todo por aquela torta.

Minha mãe me olhou enquanto saía do sofá.

— Eu sobrevivo sem a torta de maçã.

— Já fez músicas antes de comer cinco pedaços com letras que contradizem esta declaração — lembrei a ela.

Tal Mãe, Tal Filha

Ela pegou as chaves da tigela que estava sobre a mesa próxima à porta. — Quer saber? Você tem que ir. Está atrasada.
— Você não vem mesmo? — apenas olhei para ela.
— O quê? Desculpe, alguém disse alguma coisa? Não pode ser a Rory. Ela já está quase na metade do caminho para Hartford.
— Certo. Eu vou — eu disse enquanto pegava as chaves dela.
— Dirija com cuidado. Cuidado com o gelo! — ela gritou. — E me traga uma daquelas tortas.

— Entre! Você está adorável — vovó disse quando abriu a porta. Ela parecia ótima. Estava usando um blazer vermelho brilhante de lã com pelinhos pretos na gola e nos punhos, além de uma saia preta. A casa, como sempre, estava muito bem-arrumada para a ocasião.
— Isso é meu e da minha mãe — eu disse enquanto estendia o presente para ela.
— Ora, vocês não são atenciosas? Vamos colocar embaixo da árvore de natal. Rory, já conhece Holland Prescott? — vovó perguntou, mudando completamente de assunto.
— Eu o conheci no ano passado — eu disse.
— Holland! Rory está aqui — vovó anunciou, e caminhamos até a sala para nos juntarmos a ela.
Vovô estava parado em frente à lareira, conversando com um de seus amigos, Alan Boardman, sobre negócios. Vovô parecia bem irritado. Estava segurando um drinque, mas não estava bebendo. Ele estava muito ocupado reclamando de alguém com quem trabalhava, chamando-o de idiota.
— Richard, Alan, vejam quem está aqui — vovó disse.
Sr. Broadman acenou, enquanto vovô disse carinhosamente: — Olá, Rory!
— Onde está a sua mãe? — Alan Broadman perguntou. — Atacando a torta de maçã, eu presumo?
Antes que eu pudesse dizer alguma coisa, vovó se adiantou: — Lorelai não pôde vir esta noite — ela disse.

Gilmore girls

— Não pôde? — vovô perguntou. Ele nem estava sabendo que ela não viria. Aquilo me surpreendeu.
— Não! — vovó disse alegremente. — Ela teve que trabalhar.
Olhei para minha avó. Do que ela estava falando?
— Falando nisso, preciso fazer uma ligação — meu avô disse.
— Richard, está exagerando — Alan o alertou.
Mas meu avô estava determinado. Ele saiu da sala. Eu me virei para a vovó e coloquei minha mão no braço dela.
— Vovó, posso falar com você a sós, por favor?
— Você precisa de algo para beber — ela disse, entrando no modo "anfitriã perfeita", e indo para o bar na outra sala.
— Eu queria me desculpar sobre a outra noite — eu disse.
— Rory, por favor. É uma festa — ela disse.
— Eu estraguei tudo — eu disse. — É minha culpa.
— Não é hora nem lugar para discutir isso — ela disse rapidamente. — Sua mãe deve ter ensinado isso a você.
— Por favor, não fique zangada com ela — implorei.
— Não estou zangada com ninguém — ela insistiu, como se fosse uma ideia estranha. — Agora, volte e aproveite a festa.
— Mas…
Ela me entregou uma taça. — Leve isso para Gigi quando voltar.

Aquele jantar não poderia ter passado mais rápido para mim. Vovô estava chateado porque não tinha conseguido contato com seu colega em Londres, e ele não conseguia parar de falar sobre negócios.
— Não está quente demais aqui? — vovô perguntou, afastando sua gravata-borboleta. O rosto dele estava ficando vermelho, mas parecia normal, uma vez que ele estava sentado perto da lareira.
— Richard, não afrouxe a gravata à mesa — minha avó disse.
— Então, Rory, quais são seus planos para o feriado de Natal? — Holland me perguntou.

Tal Mãe, Tal Filha

— Provavelmente só passar um tempo com a minha mãe — eu disse.

— Oh, é uma pena que ela não pôde vir, ela é sempre uma diversão — Gigi disse, e todos meio que riram.

— Lorelai não estava se sentindo bem, então, sugeri que ficasse em casa — minha avó disse.

Essa era a segunda desculpa falsa que ela usava. Ela não conseguia manter sua história.

— Está quente aqui — vovô disse, levantando da mesa. — Vou baixar o termostato — ele saiu da sala de jantar.

— Que pena, o que houve com ela? — Holland perguntou.

— Acho que ela pegou uma gripe — minha avó disse. — Richard, esqueça o termostato! — ela gritou.

— Achei que você tinha dito que ela estava trabalhando — Gigi disse, olhando para a minha avó com uma expressão confusa.

— Bem, ela estava, mas pegou uma gripe, então, de um jeito ou de outro, não poderia vir — vovó disse rapidamente. Ela era uma péssima mentirosa.

— Diga a ela que sentimos saudades — Gigi disse para mim.

Eu sorri para ela. — Vou dizer.

— Richard! Oh, por Deus! Richard — vovó gritou. Ela se levantou da mesa e foi até o corredor para encontrá-lo. Então, de repente, ouvimos um grito alto.

Todos na mesa se entreolharam, então saltaram da mesa e correram para o corredor.

Senti meu coração pular da garganta quando os vi. Vovó estava agachada perto do vovô, que estava deitado de costas, no chão. Ela estava falando com ele, mas ele não respondia. Seus olhos estavam fechados e ele estava inconsciente.

Alguém discou 911 e eu fiquei perto da minha avó, olhando para o meu avô, enquanto ela dava tapinhas nas bochechas dele para tentar acordá-lo. Ele parecia tão desamparado e pálido. Eu nunca tinha visto ele daquele jeito, e desejei poder fazer alguma coisa. Mil pensamentos aterrorizantes encheram a minha mente. E se meu avô morresse antes que a ajuda chegasse? E se ele morresse?

Gilmore girls

Tentei ligar para minha mãe em casa, mas ela não estava lá. Então, tentei o celular, mas sem resposta. Eu estava muito atordoada com aquilo tudo quando ouvi o correio de voz dela, e tudo o que pude dizer foi: "O vovô está no hospital. Por favor, venha!"

O hospital cheirava como uma combinação de cafeteria de escola e limpador de chão. Havia bipes, códigos e prontuário. O mais alto dos barulhos, no entanto, era a minha avó gritando com uma das enfermeiras, mas aquilo tornou fácil para mim localizá-la quando eu finalmente cheguei lá.
— Descobriu alguma coisa? — perguntei.
— Por favor. Eles dirigem este lugar como se fosse a CIA — vovó reclamou. Um homem parado atrás do balcão, usando um sobretudo e um lenço, caminhou até a vovó e pegou as mãos dela. Achei que ele podia ser o médico pessoal do vovô... ela tinha ligado para ele quando ainda estávamos em casa e disse para se encontrarem no hospital.
— Oh, Joshua — vovó disse. — Obrigada. Este lugar é enfurecedor.
— Está tudo bem, estou aqui — ele assegurou. — Vou dar uma olhada nele agora. Você já preencheu os formulários?
— Eu não ligo para os formulários — vovó disse. — Quero ver o meu marido.
— Ela está sendo teimosa? — Joshua me perguntou.
— Muito — eu disse.
— Deixe-me ver o que está havendo, e vamos partir daí — Joshua olhou para o corredor, rumo à área que dizia "Não Entre. Sem Autorização. Apenas pessoas autorizadas".
Vovó e eu ficamos olhando ele passar pela porta. Ela suspirou.
— Talvez eu deva ligar para a minha mãe de novo — eu disse. Era péssimo não ter ela lá. Ela não conseguiria acalmar a vovó, mas poderia levar as coisas melhor do que eu.
— Esqueça. Tenho certeza de que ela está ocupada — vovó disse rapidamente enquanto ela vasculhava sua bolsa procurando por alguma coisa.

Tal Mãe, Tal Filha

— Não é verdade — protestei. Eu sabia que ela estaria lá se tivesse ouvido a mensagem que eu deixei. — Aposto que ela...

— Rory, vá buscar um jornal para o seu avô — vovó colocou um dinheiro na palma da minha mão.

— Mas...

— *The Wall Street Journal* ou *Barroon's*, o que eles tiverem. Ele vai querer ter algo para ler quando voltar para o quarto.

— Certo. Posso trazer algo para você? — perguntei. — Talvez um café?

— Não, querida, eu estou bem — vovó sorriu para mim.

Peguei o corredor, procurando por um catálogo onde eu pudesse encontrar uma loja de presentes. Saltei em um elevador e pressionei o botão. Era muito bom ter uma tarefa para me distrair.

Quando voltei com os jornais, Luke estava sentado na cadeira na área das enfermeiras. — Dei uma carona para a sua mãe — ele disse. — Não estávamos em um encontro.

— Ah... tá bom.

Ele apontou para a porta onde dizia "Sem Autorização".

— Ela e sua avó acabaram de voltar para ver se conseguiam achar um médico.

Eu *sabia* que minha mãe iria fazer algo que eu não conseguia.

O aviso de "Não Entre" nunca iria impedi-la.

— Elas descobriram alguma outra coisa sobre o vovô? — perguntei, sentando perto dele.

— Acho que não — Luke disse. Mas dê à sua mãe dois minutos lá. Aposto que ela vai descobrir algo.

— Obrigada por trazê-la — eu disse.

— De nada — ele acenou com a cabeça. — Ei, você está bem?

Minha garganta quase fechou.

— Eu não quero que ele morra.

— Bem, diga isso a ele quando for vê-lo — Luke disse. — As pessoas gostam de ouvir isso.

Gilmore girls

Só então, as Portas Proibidas se abriram e minha mãe saiu. — Mãe — eu gritei, levantando.

— Ei, é você — ela sorriu e me deu um abraço. — Oi.

— Foi horrível — contei a ela. — Aconteceu tão rápido.

— Ele está para sair da grande sala de exames a qualquer minuto, então, vamos esperar aqui — ela disse. Ela não parecia mesmo preocupada. Parecia bastante confiante que vovô ficaria bem. Aquilo me fez sentir um pouco melhor.

— Cadê a vovó? — perguntei.

— Expulsando algum paciente para fora do quarto que tem a melhor vista — minha mãe disse.

— Jura?

— Espero que deixem ele ir rápido, do contrário, ele vai embora sem o aparelho de suporte à vida — minha mãe respondeu, meio brincando.

— Então… quanto tempo até trazerem ele de volta? — perguntei.

— Muito pouco.

— Eu queria fazer alguma coisa — eu disse.

— Como… andar de patins? — minha mãe perguntou.

— Como pegar um café ou fazer ligações ou qualquer coisa que não seja ficar parada aqui esperando — eu disse.

— Ok, entendi — ela acenou com a cabeça. — Bem, como sou parcial em relação ao telefone, eu voto na ideia do café.

— Certo. Bom. Luke? Chá? — ofereci.

— De menta, de preferência — ele disse.

— Eu já volto — comecei a me afastar.

— Ei — minha mãe disse, vindo atrás de mim. Quando me virei, ela disse docemente: — Ele vai ficar bem.

— Eu estava começando a conhecê-lo — eu disse.

— Eu sei.

— Eu não quero que ele…

— Ele *não vai* — ela me interrompeu, antes que eu pudesse dizer.

— Agora, vá pegar o meu café.

A máquina de café estava emperrada, então, eu voltei sem o café. Achei sopa de frango e bala. Eu juro, era o que tinha lá.

Enquanto eu não estava, eles levaram o vovô até seu quarto.

Tal Mãe, Tal Filha

Assim que ele acordou, eu li algumas das últimas notícias do *Financial Times* e do *Wall Street Journal* para ele. Isso pareceu fazer ele se sentir melhor, e eu gostei de ter a sua companhia. Quando vovó voltou com travesseiros novos, ela pediu para eu terminar de ler para ele depois, para que ela pudesse falar com ele a sós.

Quando me levantei para sair, inclinei-me para próximo do vovô.

— Se eu abraçar você, vai doer? — perguntei.

— A dor faz parte da vida — ele respondeu.

Dei um abraço rápido nele e o beijei gentilmente na bochecha.

— Esta garotinha gosta de você — vovó disse enquanto colocava os braços ao redor dos meus ombros.

— Bem... ela tem bom gosto — vovô disse, e sorriu. Foi quando eu soube que ele iria ficar bem.

Quando saí para o corredor, Luke estava sentado em uma cadeira logo na saída para a porta. Ele estava com os cotovelos nos joelhos e olhando para o chão. Parecia muito pálido e um pouco perturbado.

— Cadê a mamãe? — perguntei.

— Procurando café — ele disse, com uma voz monótona.

— O que você está fazendo? — perguntei.

— Olhando os meus sapatos.

— Tá bom — eu disse. — Continue.

No salão de visitantes, minha mãe estava pressionando repetidamente o botão de café na máquina de bebidas quentes. O café ainda não estava saindo.

— Sem sorte? — perguntei.

— Acho que estou acabando com ela — ela disse, apertando outro botão.

— Você é patética — eu disse.

— O médico voltou? — ela perguntou.

— Ainda não.

— Então — ela desistiu da máquina de bebidas quentes e se virou para mim. — Você teve uma visita nesta noite.

— É? Quem? — perguntei.

— O Narcoléptico.

— Dean foi lá? — perguntei.

Gilmore girls

— Ah, sim — minha mãe disse enquanto passava por mim para mudar de máquina. — Ele usou o velho truque de bater na janela.

— Você foi grossa?

— Como é? Eu nunca sou grossa — ela disse.

— Você foi grossa — eu disse.

Ela meio que sorriu, parecendo um pouco mais legal. — Ele me disse que nada aconteceu.

— *Nada* aconteceu — eu disse.

— Eu sei — ela disse.

— Sabe? — perguntei. — Mesmo?

— Rory, existem apenas duas coisas em que eu confio totalmente neste mundo todo — ela disse. — O fato de que eu nunca vou ser capaz de entender o que o Patolino fala, não importa quanto tempo eu viva, e você.

— Espero que não nessa ordem — eu disse.

— Você só precisa entender o principal fator de pânico que tomou conta lá — ela disse.

— Eu entendo — eu disse. — Entendo mesmo. Nada parecido vai acontecer novamente. Eu juro.

— Não jure — ela me alertou.

— Por que não?

— Porque você é filha da sua mãe — ela disse.

— O que isso quer dizer? — perguntei.

— Significa que coisas podem acontecer, mesmo que você não queira que aconteçam.

— Não vão acontecer — prometi.

Ela deu um meio sorriso. — Okay.

Não dissemos nada por um segundo.

— Eu odiei ir à festa hoje sem você — contei a ela.

— Eu odiei que você tenha ido à festa sem mim — ela disse. — Como estavam as tortas de maçã?

— Ah, a vovó não fez as tortas esse ano — eu disse. Desistimos da máquina de café e começamos a caminhar para fora do salão, de volta ao quarto do vovô.

— Mesmo? Que estranho — ela comentou.

Tal Mãe, Tal Filha

— Ah, eu sei — eu disse.
— Hmmm, você está mentindo? — ela perguntou.
— Descaradamente — eu disse.
Ela colocou seu braço ao redor do meu ombro. — Boa menina.

Um pouco mais tarde, Joshua juntou todos nós no quarto do vovô e disse que ele teve uma "crise de angina". Isso quer dizer que ele vai ter que mudar a sua dieta e fazer mais exercícios, mas se fizer isso, ficará bem.

Fiquei tão incrivelmente aliviada e feliz. Vovô ia ficar bem... na verdade, ele iria para casa pela manhã. Minha mãe não me odiava mais. E Dean veio para me ver.

Minha mãe quis ficar no hospital com os pais dela por enquanto, então ela pediu ao Luke para me dar uma carona para casa.

Ela me disse para ligar para o Dean e falar com ele de um modo bem meloso, e discutir para ver quem vai desligar primeiro. Ela pode ser esquisita algumas vezes.

Mas depois de Luke me deixar em casa, eu entrei e liguei para o Dean. Eu o acordei, e conversamos por cerca de duas horas. Nada muito meloso. Honestamente.

Sookie, Lorelay e Rory na cozinha do Independence Inn

Rory e Lorelay

Dean

Rory com o uniforme de Chilton

Lane no lado de fora da loja de antiguidades dos pais dela

Rory no telefone depois de bater em um cervo

Rory e Richard no campo de golfe

Lane em seu closet

A festa de aniversário de Rory em Stars Hollow

Rory e Dean no baile de Chilton